A L'OMBRE DE CLAIRE

MARIE ROUSSEAU

A L'OMBRE DE CLAIRE

FRANCE LOISIRS
123, boulevard de Grenelle, Paris

AVERTISSEMENT AU LECTEUR

Ce livre est un témoignage sur une expérience et ne concerne qu'une communauté. Il ne constitue aucunement un document sur l'ensemble de la vie monastique.

J'ai trop de respect pour certains monastères, qui sont des lieux de grande spiritualité et de recherche vivante, pour ne pas mettre en garde le lecteur contre le danger d'extrapolation.

Édition du Club France Loisirs, Paris,
avec l'autorisation des Éditions Grasset et Fasquelle

ISBN : 2-7242-2990-8

L'entrée au monastère

L'abbesse et moi avions fixé mon entrée au monastère de A. au 17 juillet. Mon train arrivait à 14 heures. Le couvent était proche de la gare, en pleine ville. C'était un bâtiment anodin qui ne se distinguait des maisons voisines que par un clocheton sur le toit et une plaque sur la porte : *Monastère des Clarisses*. Je sonnai, le cœur battant.

La sœur portière me fit franchir la clôture, et je pénétrai dans ce lieu d'où je ne sortirais plus, sauf pour d'éventuels soins chez le médecin, ou pour aller voter. L'abbesse et les sœurs m'attendaient dans la salle communautaire pour me souhaiter la bienvenue. Je ne les avais jamais vues toutes ensemble. Elles semblaient émues et heureuses de m'accueillir. Ensuite mère Anne, la maîtresse des novices, m'entraîna au noviciat afin de me montrer ma cellule et de m'aider à ranger mes affaires. Elle était toute fébrile, j'étais la première novice depuis dix-huit ans... Dans un monastère, le noviciat — lieu de transition entre « le monde » et la vie monastique — est séparé du reste de la communauté. Chez les clarisses de A., il occupe le premier étage d'une aile de bâtiment.

Je découvris ma cellule : un lit, une très petite table, un prie-Dieu. Les ustensiles de toilette, un broc et une bassine, étaient posés sur une étagère. A côté de ma cellule se trouvait la salle commune du noviciat : trois armoires, deux tables, une quinzaine de chaises, une bibliothèque, une machine à coudre et une machine à écrire. La salle était grande, elle avait été prévue pour de nombreuses postulantes et novices. Avait-elle jamais été pleine ? Je me sentis brusquement très seule.

Mère Anne et moi allions organiser mon emploi du temps. Elle dit qu'il fallait commencer par ranger les armoires. Je ne comprenais pas bien pourquoi, mais ne posai pas de questions. Mère Anne me proposa du thé. J'avais réduit ma consommation de cigarettes depuis peu et je refusai le thé parce que je savais qu'il me donnerait envie de fumer. Elle m'invita alors à prendre une chaise et s'assit en face de moi, de l'autre côté de la grande table. Elle ouvrit un livre et me demanda si je voulais bien que nous partagions nos idées sur un passage pris au hasard. C'était une vie de sainte Thérèse de l'Enfant-Jésus. Le passage... ? je ne sais plus, et, n'ayant pas de dévotion particulière pour cette sainte, je ne trouvai pas grand-chose à dire.

D'ailleurs, j'avais du mal à parler, j'étais trop émue, et me revenaient à l'esprit les mois de liberté que je venais de vivre, sac au dos, dans le sud de la France, les contacts forts ou superficiels avec les gens que j'avais rencontrés. Tout un défilé d'images, pendant que mère Anne me parlait de la voie de l'enfance. Comme sainte Thérèse, je désirais aller à Dieu, mais je choisissais la voie franciscaine et les clarisses, dont je ne savais finalement que peu de chose. Elles étaient pauvres et humbles ; un itinéraire mouvementé et ma recherche de l'Absolu m'avaient conduite jusqu'à elles.

Je fus interrompue dans ces pensées par la cloche qui annonçait l'office des vêpres. Mère Anne me montra l'escalier des novices conduisant au chœur* et me précisa que je n'aurais pas le droit d'emprunter l'autre escalier. Elle me désigna ma stalle. Lors de ma retraite préparatoire à l'hôtellerie du monastère, j'avais appris à me servir de mon livre de prières *Temps présent* et j'essayai de me concentrer. Je n'osais pas trop psalmodier, n'étant pas sûre de ma voix. J'écoutais surtout et je regardais furtivement les sœurs. Mes sœurs, maintenant. L'office terminé, je m'assis en tailleur sur le parquet pour prier. Bien que ce fût le plein été, le chœur me parut soudain glacial, et j'eus envie de pleurer. De temps à autre, un discret

* Partie de la chapelle réservée aux sœurs.

toussotement ou le bruit d'une page froissée venaient rompre le silence. Je retenais mes larmes et demandai à Dieu la force et la grâce de commencer cette nouvelle vie.

Puis la cloche annonça le repas. Ma voisine de chœur, sœur Dominique, me fit signe de la suivre. Deux par deux, en silence, nous nous rendîmes au réfectoire. Après le bénédicité, mère Anne m'invita à prendre place à côté de sœur Marie. Celle-ci me rappela que le repas se déroulait en silence et m'indiqua le tiroir incorporé à la table. J'y trouvai un bol, une fourchette, un couteau, une petite et une grande cuillère, un petit torchon et une serviette. Je supposai que, selon la tradition, ces objets avaient déjà servi à une sœur avant moi et serviraient à une autre après moi. Sur la table un artichaut, un peu de compote de pommes et trois gâteaux secs. L'artichaut n'avait pas l'air très frais, mais j'avais faim, et la compote était bonne. Tout en mangeant, je remarquai que les sœurs avalaient d'énormes tranches de pain et mangeaient vite. Aussitôt le repas achevé, la sœur réfectoriaire passa une bouilloire d'eau chaude qu'elle proposa à chacune pour laver son couvert dans le bol. La plupart des sœurs refusèrent l'eau et rangèrent telles quelles leurs affaires dans le tiroir. Ne sachant que faire, je suivis leur exemple. La mère tapa deux coups légers sur la table, toutes se levèrent, débarrassèrent ce qui restait sur les tables, et se dirigèrent vers le chœur, toujours deux par deux, pour réciter complies. L'office achevé, mère Anne m'expliqua que le « grand silence » était entamé : il ne fallait donc ni parler ni faire aucun bruit. Il était 21 heures, le lever était à 6 heures.

Étourdie, l'esprit vide, je rejoignis ma cellule. Je pris le broc et allai chercher de l'eau froide au lavabo du noviciat. Une fois dans ma cellule, je restai perplexe, me demandant comment j'allais faire une toilette convenable dans des conditions aussi rudimentaires. En effet, la cuvette destinée à ma toilette était de dimensions si restreintes qu'il me fut impossible d'y poser à plat l'un de mes pieds. Je décidai de me contenter, pour ce soir-là, de me laver les aisselles et le visage, puis allai jeter l'eau dans la cuvette des w.-c. Je retournai ensuite au lavabo pour me brosser les dents. C'était à mon avis beaucoup plus simple, même si je n'étais pas censée procéder ainsi, la toilette devant se faire avec un minimum de moyens et dans la cellule. Je pensais également qu'il devait bien y avoir une douche quelque part et que je m'en informerais le lendemain.

Une fois couchée, je ne tardai guère à m'endormir, et le sommeil fut paisible. Je ne me réveillai qu'à 6 heures, au son de la cloche.

Envisageant avec confiance ma première journée d'aspirante clarisse, j'enfilai un jean et un tee-shirt, me passai le gant humide et un peu de crème sur le visage. Pour les dents, même chose que la veille. Je descendis au chœur par mon escalier pour les laudes, l'oraison, la messe et tierce. Je pénétrai l'une des premières dans la chapelle ; les sœurs arrivèrent une par une, notre abbesse se présenta en dernier. Bien que je ne me sois pas levée comme le faisaient les sœurs chaque nuit, à 1 heure, pour l'office des lectures, j'étais encore un peu endormie. Toutefois, je me concentrai très fort sur le mystère de l'Eucharistie, remerciant Dieu de m'avoir fait entrevoir la voie de la contemplation et de la solitude, qui, je l'espérais, allait me mener à Lui. J'étais heureuse d'être là, heureuse d'avoir fait le pas, d'avoir été capable de rompre avec tout ce qui m'attirait et m'avait retenue dans le vaste monde, avec la vie vaine et parfois superficielle que j'avais menée jusqu'à l'année dernière. J'avais vingt-six ans, je me sentais forte et décidée, et me mis à prier avec ferveur.

Après les offices, les sœurs se rendirent au réfectoire, deux par deux et en silence. Notre mère me demanda à voix haute si j'avais bien dormi. Comme je lui répondis sans hésiter que oui, toutes les sœurs s'exclamèrent à l'unisson : « Une première nuit de sommeil continu est un signe certain de vocation ! » Je souris, ne trouvant rien à répondre. Le petit déjeuner me parut frugal mais suffisant : café, lait et pain. Je bus du café au lait et remontai au noviciat avec mère Anne.

Le moment était venu de passer au rangement des armoires. Je regardai mère Anne les vider de leur contenu hétéroclite. Dans la première : diverses statuettes de saints, des feutres, de la peinture, des stylos desséchés, des cartes postales jaunies, des cahiers, de vieilles gravures, des ouvrages réalisés par les sœurs au temps de leur noviciat ; dans la deuxième : des chiffons, des morceaux de tissu, des pelotes de laine, des aiguilles, du fil, des draps, des serviettes et des gants usés ; dans la troisième : des bougies, de la vaisselle ébréchée, des couverts en bois et en métal, de vieilles chaussures et des bottes en caoutchouc. Mère Anne épousseta méticuleusement chaque objet, nettoya les étagères à l'aide d'un chiffon et remit l'ensemble intégralement, à la même place. Je ne comprenais pas bien le but de cette opération, mais je n'en dis rien et me contentai de regarder, puisque mère Anne ne voulait pas que je touche à ces objets.

Je songeai alors que la maîtresse des novices était déjà une vieille femme et que nous aurions peut-être l'une comme l'autre des efforts à faire pour vivre ensemble et nous comprendre. Mais je savais qu'elle m'aimait, et moi aussi je l'aimais.

Organisation du monastère au moment du récit

Les discrètes

Mère Monique : abbesse.

Mère Anne : vicaire et maîtresse des novices.

Il y a souvent cumul des deux fonctions chez les clarisses, comme c'est le cas à A. La vicaire est la conseillère de l'abbesse, qu'elle remplace en cas d'absence.

Sœur Marie-Monique : première portière.

Sœur Marie : deuxième portière.

Les portières assurent les relations entre l'espace de clôture et les sœurs externes.

Les discrètes forment une sorte de conseil des sages qui se réunit pour prendre les décisions importantes.

Les sœurs

Sœur Saint-Jean-Baptiste : sacristine.

La sacristine prépare la chapelle avant les célébrations, entretient les vêtements liturgiques et la chapelle.

Sœur Gabriel : organiste et secrétaire de l'abbesse.

Sœur Marie-de-la-Providence : fabricante des hosties.

Sœur Marie-Véronique-de-la-Croix : infirmière.

Elle s'occupe des sœurs très âgées et dépendantes, trie les médicaments donnés, contrôle la mutuelle Saint-Martin et entretient l'infirmerie.

Sœur Cécile : cuisinière et jardinière.

Sœur Marie-de-l'Assomption : cuisinière et jardinière.

Sœur Saint-François : responsable de la dépense.

La dépense est le lieu de rangement des aliments et de stockage des conserves et des fruits.

Sœur Catherine : chargée de l'entretien des habits.

Sœur Germaine : sœur externe.

Sœur Marie-Bernard : sœur externe.

Les sœurs externes font les commissions en ville, introduisent les visiteurs, entretiennent les pièces de l'hôtellerie.

Sœur Dominique : n'a pas d'emploi déterminé, en raison de sa fragilité physique et psychologique.

Sœur Marie-Jeanne, sœur Marie-Hélène et sœur Marie-du-Sacré-Cœur : n'ont plus d'emploi, en raison de leur grand âge.

En plus de son activité principale, chaque sœur a au moins une activité annexe (lingerie, découpe des hosties, entretien d'une partie des bâtiments, confection de cartes de vœux), et toutes font de la couture.

Les emplois sont redistribués tous les six ans environ. Cependant, certaines sœurs conservent le leur beaucoup plus longtemps.

Dans la plupart des monastères de clarisses, l'usage veut que l'on nomme « Mère » l'abbesse, la vicaire et la maîtresse des novices.

Le postulat *dure environ un an (parfois dix-huit mois ou deux ans). La postulante occupe une position d'observatrice plus ou moins intégrée aux activités de la maison. En général, afin que soit respectée sa totale liberté, elle conserve ses vêtements personnels. Tel est le cas à A.*

Le noviciat *dure en général deux ans. Après avoir revêtu l'habit monastique, la novice approfondit sa vocation au long d'une période qui peut varier de dix-huit mois à trois ans, avant de prononcer les premiers vœux qui feront d'elle une* professe temporaire. *Les vœux définitifs ne sont jamais prononcés avant cinq ans de vie au monastère.*

Pendant le temps du noviciat et du postulat, les jeunes sœurs vivent dans une partie du bâtiment qui leur est réservée, appelée noviciat.

Les premiers jours

Les jours qui suivirent mon entrée au monastère ne furent pas très brillants. Je demeurais au noviciat avec mère Anne, qui ne me laissait pratiquement jamais seule. Il me fallait son autorisation pour quitter la pièce, ou même pour aller aux toilettes. Pour obtenir un crayon, une aiguille, un bout de fil, du papier, il me fallait demander. Il m'était interdit de me servir moi-même dans les armoires : je devais apprendre l'obéissance.

L'abbesse m'avait conseillé deux livres : la biographie de Bernadette Soubirous et l'autobiographie de Thérèse de l'Enfant-Jésus, deux modèles de vie religieuse. Ces ouvrages ne m'intéressaient guère, mais comme je n'avais pas accès à la bibliothèque, je n'avais pas la possibilité de choisir moi-même mes lectures. Reléguée au noviciat, je me sentais désœuvrée, et je ne comprenais pas bien ce qu'on attendait de moi pendant cette période de postulat. Mère Anne ne me disait rien, et je décidai de demander audience à l'abbesse afin de lui confier mon inquiétude. Après m'avoir écoutée, elle réfléchit et me proposa des médicaments. Stupéfaite par cette réponse, je lui demandai de répéter : « Oui, des médicaments pour t'aider à t'habituer à notre vie, pour te rendre plus souple, car le corps a besoin d'être dompté. » Je m'affolai et refusai, décidant d'interrompre là cet entretien. Je sentais que je m'exposais ainsi à sa désapprobation et je me souvins des regards durs qu'elle jetait parfois aux sœurs qui l'avaient mécontentée.

Je décidai toutefois de ne pas m'arrêter à cet incident, et, d'ailleurs, tout alla mieux lorsque mère Anne me proposa une première activité. Il s'agissait de recopier sur un cahier les chants liturgiques : portées, notes, paroles. Travail de longue haleine, puisque le nombre des cantiques atteignait bien la centaine. Lorsque, pour me délasser ou me dégourdir les jambes, je me levais et arpentais le noviciat, mère Anne me regardait sans mot dire. Je me rasseyais alors immédiatement et reprenais mon activité. Avec un soupir, elle se replongeait dans son livre ou sur son ouvrage. Je repensais souvent à la conversation que j'avais eue avec l'abbesse. J'avais compris qu'elle exerçait un réel pouvoir sur les sœurs, et que celles-ci la craignaient et lui obéissaient en toute chose. Mais je n'étais pas là pour la juger et je décidai de m'armer de patience. Je pensais aussi que, pour arriver à une meilleure compréhension mutuelle, il serait bon que je me familiarise le plus tôt possible avec le fonctionnement du monastère.

Dès que mère Anne m'en laissait la possibilité, je visitais la maison. Je restais aussi de longs moments à la fenêtre, à regarder les sœurs aller et venir entre les différents bâtiments et le jardin. Je me sentais isolée, dans mon noviciat, d'autant plus que je ne trouvais pas satisfaction dans les lectures qu'on me conseillait. J'aurais préféré une approche de la Bible, un cours ou quoi que ce fût qui me permît d'approfondir ma réflexion, mais aucune formation n'avait été prévue.

Je vivais de plus en plus mal l'isolement — je ne voyais mes sœurs qu'à la chapelle et au moment des repas — et la pauvreté intellectuelle. J'en fis part à mère Anne, qui ne comprenait pas mon désarroi. Elle me suggéra de persévérer, de me servir de cet état de manque et de malaise pour me purifier, m'abandonner à Dieu. Elle m'assura qu'elle priait pour moi. Je l'écoutai, mais n'en étais pas moins désemparée. Elle alla en parler à notre mère et elles trouvèrent un remède en me donnant l'autorisation de partager certains travaux avec les sœurs. Elles me firent remarquer qu'il s'agissait là d'une grande faveur, d'une exceptionnelle largeur d'esprit envers la nouvelle venue que j'étais et affirmèrent que dans aucun autre monastère cela ne se concevrait. Je n'avais rien à répondre, je remerciai et me trouvai réconfortée.

J'allai donc aider les sœurs au jardin. Il était petit, un hectare environ, dont les trois quarts étaient employés pour les cultures, et était coupé de la rue par un mur de cinq mètres de haut. Je n'avais jamais travaillé la terre, mais j'y pris vite un très grand plaisir. Les sœurs m'expliquèrent leur façon d'opérer, d'interchanger les carreaux après les récoltes. Je pouvais enfin établir quelques contacts ; je sentais que cela était indispensable à mon équilibre. Je tutoyais même les sœurs les moins âgées. Mère Anne venait de temps en temps nous regarder au jardin, et c'est là que je me rendis compte qu'il lui arrivait de parler aux sœurs de façon autoritaire.

J'eus également le droit de participer aux jours de grande lessive. Le linge était trié de la façon suivante : le linge de la petite hôtellerie* annexe — draps, serviettes des hôtes de passage (changés régulièrement) — et notre linge — serviettes de toilette, gants, chemises de corps, serviettes périodiques — étaient lavés deux fois par mois. Quant aux draps utilisés par les sœurs, ils étaient changés et lavés tous les six mois.

Les sœurs en bonne santé lavaient et rinçaient le linge, celles qui avaient une moins bonne santé

* Logement des hôtes ou prêtres de passage.

l'étendaient. Les plus faibles, elles, ne participaient pas à ce travail. Le monastère possédait une machine à laver, mais nous lavions tout à la main pour « économiser l'électricité, éviter l'usure de la machine et du linge », et aussi parce que, si nous recevions des dons de savon de Marseille, on ne nous donnait jamais de lessive. Nous faisions fondre le savon dans une très grande lessiveuse, dans laquelle le linge était mis à bouillir. Cette opération durait toute la matinée. Puis, à six (j'étais du nombre), nous sortions le linge brûlant pour le brosser dans un grand bac. Il ne fallait pas trop frotter pour ne pas déchirer la trame du linge souvent usé, et, surtout, il fallait économiser le savon. Nous passions ensuite au rinçage, et il m'était sévèrement recommandé d'économiser l'eau. La dernière eau servait d'ailleurs à l'arrosage des fleurs. Le deuxième groupe étendait le linge et rangeait la buanderie.

Malgré la fatigue, ces journées me plaisaient. Je me sentais utile, proche de mes sœurs et intégrée à la communauté. C'est là que je me suis liée d'amitié avec sœur Marie, l'une des plus jeunes, qui avait trente-neuf ans tout de même. Nous travaillions souvent l'une en face de l'autre et ressentions une certaine complicité. Marie avait un air à la fois buté et angélique. Immédiatement, nous avons adopté des rapports dénués d'hypocrisie, et, plus tard, lorsque je la rencontrais dans ses allées et venues, nous échangions quelques mots et un sourire. Une amitié venait de naître, et j'en étais heureuse. Mère Anne le remarqua, bien sûr, mais ne fit aucun commentaire. Le dimanche, Marie et moi consacrions notre temps de loisir à nous confier nos vies respectives dans le jardin. Elle me disait beaucoup de choses, sur elle, sur la communauté, sur les difficultés qu'elle avait rencontrées pendant son noviciat. Elle me parla de l'inimitié qui existait entre elle et deux autres sœurs, des heurts inévitables dans le monde clos qu'est un monastère. Elle me parlait ouvertement et me donnait courage. Quant à moi, je lui racontai ma vie d'adolescente dans le petit bourg, la participation et les succès aux concours de beauté, les liaisons tumultueuses et douloureuses, puis le dégoût, les ruptures, le changement de vie, le désir de dépouillement, la découverte de la foi et le long cheminement jusqu'à la grande décision. Le plus souvent, elle écoutait et ne disait rien, mais je la sentais proche.

Tout de même, je continuais à passer de nombreuses heures solitaires au noviciat, et, à ma grande joie, je commençais à trouver la solitude nécessaire à ma relation à Dieu. Je voulais créer en moi un espace de prière continuelle et me mis à vivre au rythme de ce que les moines d'Orient appellent la « prière de Jésus », une petite phrase à répéter avec son souffle : « Seigneur Jésus, Fils du Dieu vivant, aie pitié de moi, pécheur. » Je me sentais bien mieux, j'éprouvais moins le besoin de partager le travail des sœurs, et on m'avait enfin proposé une lecture intéressante et riche : les œuvres de dom Marmion. Par ailleurs, je m'occupais à reproduire des icônes qui seraient vendues à la porterie. J'allais aussi, seule, dans le jardin retourner la terre des plates-bandes pour que les sœurs pussent, le lendemain, semer. Je sentais agir l'Esprit, j'acceptais de devoir passer par des épreuves pénibles. Et, surtout, je voulais entendre le Christ me parler de persévérance, d'enracinement dans le quotidien. Je pris l'habitude, après les offices, de m'attarder au chœur pour méditer des versets de psaumes. J'acceptais de vivre dans une patience silencieuse, une confiance aveugle, une solitude douloureuse. Je me sentais prête à accueillir Dieu dans tout mon être.

Les sœurs étaient heureuses de constater mon évolution : je devenais disciplinée, j'évitais le bruit, je respectais leurs conseils.

Je devenais religieuse, je le sentais, et cela me remplissait de joie.

Horaire quotidien

Jours ordinaires		Dimanches et fêtes	
6 h	*: lever, toilette*	*6 h 30*	*: lever*
6 h 30	*: laudes, oraison, messe, oraison, tierce*	*7 h*	*: laudes*
8 h 20	*: petit déjeuner, rangement cellule*	*7 h 30*	*: petit déjeuner, rangement cellule*
8 h 45	*: travail*	*8 h*	*: oraison, tierce, messe, oraison*
11 h	*: lecture*	*11 h*	*: temps libre ou télévision (« le Jour du Seigneur »)*
11 h 30	*: oraison, sexte*		
12 h 10	*: repas, vaisselle*		

13 h : récréation
13 h 30 : none
13 h 50 : temps libre
14 h 45 : travail (postulante : lecture)
18 h : vêpres, oraison
19 h : repas
19 h 20 : complies, oraison, temps libre
21 h : coucher
1 h : office des lectures
2 h : coucher

12 h : sexte, oraison
12 h 30 : repas, vaisselle, temps libre
13 h 30 : récréation
14 h 30 : none, oraison
16 h : temps libre
17 h 30 : vêpres, oraison
18 h 30 : repas
19 h : récréation
20 h : complies, oraison, temps libre
21 h : coucher
1 h : office des lectures
2 h : coucher

L'arrière-saison fut douce...

L'arrière-saison fut douce. Je passais au jardin mes heures de lecture et, pendant mes heures de travail, je désherbais, rafraîchissais les fraisiers ou entretenais le parterre du noviciat, un petit carré laissé à la disposition des postulantes et des novices pour la culture des fleurs.

Pendant ma demi-heure de récréation quotidienne, mère Anne me parlait de son temps de postulat, de la vie au couvent pendant la guerre. J'écoutais, frappée par la grande pauvreté et par l'esprit d'obéissance qui, à l'époque, coulait de source. En comparaison, je trouvais la vie monastique presque confortable et agréable aujourd'hui.

Je m'habituais à la solitude et n'avais de contact avec la plupart des sœurs qu'à l'occasion des activités communautaires. Nous venions de recevoir un important travail annuel : le lavage des aubes de communion de plusieurs paroisses. Les seuls travaux rémunérés étaient les suivants : entretien du linge d'autel, cuisson des hosties, broderie, confection de quelques objets tels que cartes postales, icônes et chapelets, et enfin lavage des aubes. Je proposai aussitôt mon aide. Je voulais participer, me donner au service de la communauté. Je commençais à prendre conscience du sens de certains termes comme le « bien commun », la « communauté ».

La lessive devait durer deux jours complets, de 9 heures à 11 h 30 et de 15 heures à 18 heures. Nous procédions ainsi : deux sœurs chauffaient dans une immense lessiveuse l'eau que nous versions ensuite dans le bac de lavage. Je ne faisais plus de commentaires sur cette façon archaïque de laver et je m'exécutais en silence. Il m'arrivait encore, par mégarde, de laisser le savon dans l'eau ou de frotter trop fort, mais quand une sœur me faisait la remarque, je répondais sincèrement : « Pardon, ma sœur, j'avais oublié. » Parfois, j'oubliais aussi qu'il fallait utiliser d'une manière égale toutes les faces du savon, afin qu'il reste bien rond car, devenu plat, il se serait cassé et aurait été perdu.

Souvent je souriais à Marie, j'échangeais quelques regards complices avec elle, et, parfois, nous nous effleurions les mains sous l'eau savonneuse.

Ces journées étaient épuisantes : nous étions constamment courbées, la vapeur sur le visage, le courant d'air dans le dos, les pieds toujours mouillés dans les socques. Dès la fin de la première matinée, nos doigts étaient ridés et douloureux.

J'alternais le lavage et le rinçage, plus pénible encore, car il fallait se baisser, se relever, replonger les aubes six ou sept fois, les changer de bac. Quand mon travail était terminé, une sœur prenait l'aube et allait l'étendre tout en l'essorant.

Ces jours-là, nous mangions de la viande au repas de midi. La mère estimait que nous avions besoin de reprendre des forces. Et, vers 16 heures, elle quittait son bureau et descendait à la buanderie pour nous offrir deux bonbons à chacune. Elle arrivait toute souriante en disant que « c'était une grâce que le Seigneur nous envoie ce travail ».

A la fin de la journée, avant de me rendre au chœur, j'allais prendre une douche. Les sœurs, elles, n'en voyaient pas la nécessité.

Il faisait très beau, et les aubes séchant rapidement, il fallait songer au repassage. Pour les mêmes raisons d'économie, nous nous servions de fers anciens que nous faisions chauffer sur un poêle allumé pour l'occasion. Nous formions une chaîne : défroissage de l'aube, repassage de l'endroit, repassage des manches et du haut, repassage des plis. Quant à moi, je repassais les voiles. Sœur Marie-de-la-Providence s'occupait exclusivement de maintenir les fers au chaud. Nous l'appelions dès que notre fer commençait à refroidir : vivement, elle nous en apportait alors un autre. J'étais à côté de Marie, qui s'occupait de la finition du travail : pliage et rangement.

Les jours de repassage se révélèrent bien plus pénibles que les jours de lessive. La vapeur imprégnait l'atmosphère, nous avions les mains brûlées, il faisait une chaleur suffocante, nous transpirions énormément. Les sœurs ne se douchaient toujours pas. Le manque d'hygiène me consterna d'abord, puis j'essayai de ne plus y prêter attention, me disant qu'après tout ce n'était pas de mon corps qu'il s'agissait.

Après cette semaine éreintante, je rejoignis le noviciat et me retrouvai seule avec mère Anne. Je repris mes activités de peinture de cartes postales et me remis à la lecture. Je recommençai aussi l'étude du solfège — enfant, je jouais du piano —, et Marie vint au noviciat me donner quelques leçons de cithare. Mère Anne nous laissait alors seules et partait ranger ses précieuses armoires de fournitures. Notre mère gardait jalousement la plupart des clés d'armoires mais, par privilège dû à sa charge de vicaire, mère Anne en détenait également un certain nombre. Mes quelques mois de postulat m'avaient permis de constater que tout était sous clé.

Marie et moi étudiions sérieusement la cithare. Nous passions aussi des heures à répéter les psaumes des différents offices. C'était un véritable plaisir, et je me sentais beaucoup plus sûre de ma voix. Marie était responsable du chant, mais l'abbesse ne lui laissait malheureusement aucune initiative. Ainsi, c'était elle qui choisissait tous les cantiques qui étaient répétés en communauté une fois par semaine, sous la conduite de Marie. Ces répétitions étaient très fastidieuses, et il fallait recommencer jusqu'à la perfection.

Vint un jour que je marque dans ma mémoire d'une pierre noire. Un après-midi, l'abbesse m'appela dans son bureau avec mon livre de solfège et, bien que totalement incompétente en la matière, elle me demanda abruptement de lui réciter des partitions. Je fus choquée par ce que je considérai comme un abus d'autorité. Je m'exécutai pourtant, mais, tout en récitant et en battant la mesure, je me reprochais d'accepter ce type de relation. J'aurais voulu jeter mon livre et m'enfuir.

De retour au noviciat, je constatai douloureusement mon impuissance. Je me mis immédiatement en prière, méditant les Béatitudes : « Seigneur, que toute ma vie soit une offrande ; Seigneur, lorsque je suis dans la tristesse, donne-moi quelqu'un à consoler ; quand mon fardeau pèse, charge-moi de celui d'autrui ; quand j'ai besoin de tendresse, que l'on fasse appel à la mienne. » Je terminai la journée au chœur, demandant à Dieu d'apaiser ma colère.

Mère Monique, soixante-dix-neuf ans, abbesse

Son père est instituteur athée dans le Massif central. Elle et ses deux sœurs sont tout de même baptisées et font leur communion. Monique va au catéchisme, parce que cela lui plaît. Elle y apprend qu'il existe des gens qui consacrent toute leur vie à Dieu. L'idée la séduit. Après son certificat d'études, elle est pensionnaire dans un lycée où elle passe le brevet, puis elle entre à l'école normale pour être institutrice. Elle obtient un premier poste près du village de ses parents et retourne chez eux chaque soir. Cela fait huit kilomètres à pied.

En cachette, elle s'entretient avec le prêtre du village dans lequel elle enseigne. Elle lui avoue son désir de vie contemplative. Pendant les vacances, elle se met en rapport avec des carmélites, des dominicaines et des clarisses. Aucun ordre ne lui plaît vraiment. Un jour, l'occasion lui est donnée d'assister à une messe chez les clarisses de A. C'est le coup de foudre. Elle veut être clarisse, et dans ce monastère. De retour à la maison, elle annonce sa décision à ses parents. Sa mère se tait, son père explose. Elle attend encore une année scolaire, puis se fait conduire à A. par un oncle. Son père refuse de l'embrasser avant son départ et sombre dans la dépression (il attendra vingt ans pour lui rendre visite).

Monique entre donc à A. à vingt-trois ans. Au noviciat, elle aide la maîtresse des novices à enseigner le latin aux autres sœurs ; mais, pour lui éviter le péché d'orgueil, on lui fait faire le ménage du noviciat et des cabinets. Elle apprend aussi à piquer à la machine et à repasser, mais elle n'est pas douée. Dès les premiers mois, elle grossit beaucoup. Monique a faim et compense l'absence de viande par du pain.

Elle est abbesse depuis 1938, en alternance (la règle l'oblige) avec mère Anne. En général, mère Monique assume la charge pendant six ans et mère Anne prend le relais trois ans, avant de céder à nouveau la charge à mère Monique. Elle exerce un pouvoir quasi absolu, qui n'est jamais mis en question : elle représente le Seigneur dans la communauté. Il lui arrive parfois de faire des coulpes : « Je me suis emportée avec ma sœur et je lui demande pardon ; je suis arrivée en retard à l'office par ma faute ; je manque de vigilance... »

Mère Monique est extrêmement gourmande. C'en

est parfois indécent. Elle est affectée de nombreux maux (angines chroniques, dentier mal adapté), elle est très grosse et bouffie.

L'automne s'installait...

L'automne s'installait : il commençait à faire froid. Les sœurs parlaient du « grand ménage ». Mère Anne m'expliqua qu'il avait lieu deux fois par an : la semaine précédant la semaine sainte et la dernière semaine d'octobre.

Elle me demanda de nettoyer ma cellule, la cellule voisine (inoccupée) et la salle du noviciat ; ensuite, les sœurs m'aideraient à récurer l'escalier du noviciat et, de mon côté, je ferais avec elles le ménage d'autres pièces. Je procédai aux travaux avec la plus grande minutie : j'enlevai chaises et tables pour les entreposer dans le couloir, nettoyai les plafonds, les lustres et les ampoules, lavai les vitres, brossai le plancher à l'eau de Javel. Les serpillières qu'on m'avait données n'étaient que de vulgaires sacs de pommes de terre. Ils sentaient si mauvais que j'en avais des haut-le-cœur. Nous possédions de véritables serpillières, données par des amis du monastère, mais il était défendu de s'en servir pour éviter de les user. Le nettoyage du noviciat me prit deux jours.

Toutes les sœurs, des plus résistantes aux moins fortes, participaient au grand ménage, chacune accomplissant les tâches convenant à sa santé. Seules en étaient exemptées la mère — qui restait dans son bureau — et la fantasque sœur Catherine. Ainsi qu'il en avait été convenu, les jours suivants, j'allai aider les sœurs et le même labeur recommençait, monotone, fastidieux, pénible : dépoussiérer, balayer, brosser, laver, essuyer. J'étais épuisée, d'autant plus que les sœurs recommençaient à me harceler : « Tu gaspilles l'eau de Javel, tu utilises trop d'eau, attention au balai-brosse... »

La semaine se passa sans heurts, et ce travail avait l'avantage de laisser l'esprit disponible pour la prière.

Malgré la crasse qui nous couvrait, les sœurs non seulement ne se douchaient toujours pas, mais se moquaient gentiment de moi parce que j'éprouvais le besoin de me changer chaque jour.

Le grand ménage fut terminé pour le 1er novembre, date à laquelle les clarisses revêtent l'habit d'hiver. L'habit est porté de début novembre à fin avril, l'habit d'été — en Tergal — le reste de l'année. A la fin de la saison, le bas des manches n'est plus net. Lorsque, à l'inter-saison — pendant un mois à peu près —, une sœur portait un jupon ou un pull supplémentaire, elle ne le lavait pas, se contentant de le passer à l'eau sous prétexte qu'en si peu de temps le vêtement n'avait pas pu se salir... En constatant cela, je ne fus plus étonnée de la commune indifférence devant un bas de manche souillé ou des culottes portées quinze jours. Les sœurs n'avaient droit qu'à un seul mouchoir par semaine ; lorsqu'elles étaient enrhumées, elles le lavaient comme elles le pouvaient, le faisaient sécher et s'en resservaient aussitôt. En qualité de postulante, je bénéficiais d'un régime particulier, mais ce régime cesserait le jour où je revêtirais l'habit.

Au monastère, une seule religieuse, sœur Catherine, était chargée de l'entretien des robes. Il y avait à cela une raison très précise : il s'agissait d'un travail auquel une seule personne pouvait suffire. Or, sœur Catherine ne supportait pas la présence des autres et vivait en marge de la communauté. Elle n'avait pas accepté les modifications apportées au mode de vie monastique par le dernier Concile. Elle préférait vivre à l'écart, ne participant à aucun travail communautaire, psalmodiant ses offices dans sa cellule ou au jardin, n'arrivant à la messe qu'au moment de la communion et en repartant aussitôt ; même sa nourriture, elle la prenait dans sa cellule. Elle fuyait tous les contacts. L'économie était pour elle plus qu'une passion, c'était une raison de vivre, et, pendant toute la durée de sa vie religieuse, elle n'a pas dû gaspiller plus de dix centimètres de fil. Malgré sa situation de recluse, elle ennuyait beaucoup les sœurs, se comportant en véritable tyran, leur recommandant sans cesse de faire attention à leur habit, de ne pas l'user, de ne pas trop serrer la corde pour éviter d'élimer le tissu. Parfois, quand je me trouvais au jardin, elle s'approchait de moi, m'observait en silence de longues minutes, puis se mettait à critiquer ma manière de désherber, de retourner la terre ou de manier les outils. J'évitais de lui répondre, mais elle critiquait ensuite mon jean (en tant que postulante, je ne portais pas encore l'habit) ou mon pull et insistait jusqu'à ce que je lui réplique vivement. Elle se mettait alors en colère, déplorant le fait que les vocations d'aujourd'hui n'aient plus la qualité de celles d'hier. Elle fit si bien qu'un jour, vraiment choquée par ses propos, je décidai d'en parler à notre mère. L'abbesse se contenta de m'affirmer qu'une sœur dans cet état était une très grande grâce pour une communauté, dont elle était en quelque sorte le pilier. Je constatai par la suite que plusieurs prêtres partageaient cet avis.

J'étais cependant étonnée par l'hygiène corporelle de sœur Catherine. J'avais remarqué qu'elle se douchait chaque dimanche entre le petit déjeuner et la messe. Cela la différenciait nettement de la plupart des autres sœurs. Seules les trois plus jeunes, sœur Saint-François, sœur Marie-Véronique et Marie, prenaient une douche tous les quinze jours, les autres se contentant de la toilette sommaire et rapide que je connaissais bien : un coup de gant sur le visage et lavage des pieds une fois par semaine. Je constatai pourtant une exception : lorsqu'une visite était prévue au parloir, les sœurs, sur ordre de l'abbesse, se lavaient et se changeaient avant la rencontre.

Toute toilette dans la cellule ou dans la douche devait se faire dans l'obscurité. Les ustensiles et effets de toilette se réduisaient à une petite cuvette (25 cm de diamètre), un broc, une brosse à dents et un savon de Marseille qui devait durer un an, une serviette et un gant (changés tous les quinze jours). Une fois par an — juste avant l'été —, sœur Marie rasait les cheveux de ses compagnes. Lorsque les sœurs avaient leurs règles, elles disposaient de serviettes périodiques en tissu ; elles les faisaient tremper dans une bassine jusqu'à la fin des règles, puis les séchaient dans leur cellule avant de les donner à laver le jour de lessive.

Mère Anne, quatre-vingts ans,
vicaire et maîtresse des novices

Anne est la plus âgée d'une famille de cinq enfants. Ses parents sont cultivateurs et pauvres. Son père meurt lorsqu'elle a onze ans. C'est une catastrophe, la ferme ne résiste pas, la mère s'use à la tâche. Anne obtient son certificat d'études et entre comme ouvrière dans une usine de confection d'une petite ville proche de son hameau. Après sa journée de travail, elle aide sa mère à la ferme et s'occupe de ses quatre frères et sœurs. Elle sait tout faire : le ménage, le travail des champs, les soins aux bêtes. A l'usine, elle n'a qu'une seule amie. D'une façon générale, les autres ne l'intéressent pas ; ils ne sont pas croyants. Lorsqu'elle se rend à Lourdes avec son amie, elle est enchantée par ce lieu si fervent. Les chants la font « jouir » (ce sont là ses propres termes). Elle entend parler des religieuses contemplatives et désire vite devenir carmélite, clarisse ou dominicaine — carmélite, parce que la vie est stricte, clarisse, parce que la pauvreté l'attire, et domini-

caine parce que l'habit est beau. Le soir, elle rencontre parfois le prêtre du village, à qui elle confie son souhait ; il l'oriente vers un monastère de clarisses qu'il connaît à A. Anne n'en parle pas tout de suite chez elle, sa mère ayant encore besoin d'elle. Lorsque, enfin, elle lui communique sa décision, sa mère ne fait pas d'objection. Elle lui demande simplement d'attendre encore un peu.

Anne entre chez les clarisses de A. à vingt-six ans. Son postulat est difficile, elle s'habitue mal à la solitude, elle regrette la vie de famille, elle a la nostalgie des dimanches passés avec son amie.

Très douée en couture, elle se voit confier les travaux délicats. Elle doit aussi s'initier au latin, même si elle n'a envie ni de lire ni de se cultiver : elle « n'est pas venue pour ça ». Elle aime le jeûne et la mortification. Le froid et l'inconfort physique ne la gênent pas. Elle devient première portière, puis vicaire, puis abbesse, en alternance avec mère Monique (cela depuis 1938).

Mère Anne devient autoritaire et se plaît à commander. Elle est pleine de contradictions, conciliant un grand orgueil avec un étonnant désir d'anéantissement, refusant de se défendre contre le froid, se servant abondamment de ce qu'elle n'aime pas à table. Elle aime s'humilier, mais ne supporte pas les remarques ; en revanche, elle obéit à la lettre à l'abbesse.

Mère Anne aime à répéter qu'elle avait eu de nom-

breux soupirants à l'usine, et qu'elle aurait pu se marier sans problème. Malgré son âge, elle a gardé un joli visage. Elle est forte, mais non bouffie comme beaucoup de ses sœurs. Il se dégage d'elle une certaine coquetterie : elle aime être propre et soignée. Elle ne se lave pourtant pas très souvent ; les pieds une fois par quinzaine, la douche jamais.

Bien que sa tâche privilégiée (vicaire ou abbesse) lui ait épargné les travaux les plus durs, elle est usée et voit très mal. Elle souffre de terribles rhumatismes qui l'obligent parfois, en hiver, à garder le lit des jours entiers.

Déjà quatre mois...

Déjà quatre mois.

Notre mère ne semblait toujours pas décidée à me procurer les cours d'initiation à la théologie que je lui avais demandés. Heureusement, j'avais découvert un ouvrage un peu ancien, mais intéressant, sur les dogmes et les sacrements. Je passais de nombreuses heures à lire, immobile en dépit du froid.

Je restais fidèle à la « prière de Jésus », qui accompagnait tous mes actes. Lorsque le froid me glaçait, je descendais au jardin ramasser les feuilles qui serviraient à protéger les premières fleurs des gelées printanières. Lorsque je remontais au noviciat, j'avais très mal aux mains et au dos. A. est une ville si humide que presque toutes les sœurs souffraient de rhumatismes, d'arthrose ou de névralgies faciales. Par mesure d'économie, l'abbesse n'allumait pas le chauffage central. Les sœurs superposaient donc pulls et jupons, et leur tour de taille augmentait d'autant. D'office, j'avais mis des chaussettes en laine, ce qui déplut à mère Anne. Elle aurait voulu que je lui en demande la permission. Mais je n'arrivais pas à me réchauffer et je ne voulais pas tomber malade.

Arriva le temps de la « visite » à la mère. Deux fois par an, elle invitait chaque sœur à venir la voir dans son bureau pour faire, avec elle, le point sur sa vie spirituelle et sa vie au sein de la communauté. La sœur peut, à ce moment-là, lui demander quelques faveurs : le port de chaussettes en hiver, le renouvellement d'une brosse à dents usée trop vite, de nouveaux crayons, des fournitures supplémentaires pour le travail. La mère profite aussi de cette occasion pour distribuer des fortifiants (échantillons — souvent périmés — donnés par des médecins, le pharmacien ou des amis de passage) que la sœur prendra par obéissance, qu'elle en éprouve ou non le besoin.

Je trouvai cette visite opportune : j'allais pouvoir exposer mon sentiment sur bon nombre de choses.

Je commençai par parler de ma relation à Dieu, de mon désir de vivre pour Lui, selon l'Évangile et avec pureté. J'expliquai à la mère comment j'avais pris conscience du rôle de chacune dans la construction de l'édifice qu'est la communauté. Je lui parlai du sacrement de pénitence que je découvrais : la réconciliation avec Dieu, la paix en soi.

Je lui exprimai le plaisir que j'éprouvais à lire la Bible, à y chercher le visage de Dieu. Je comparai mon cheminement dans la communauté à un long travail d'enfantement. Je m'étais habituée au silence, aux gestes mesurés, à la solitude qui me permettait de construire un large horizon dans mon cœur. Je lui affirmai que je voulais vivre humblement, avec patience, au jour le jour. Elle me laissa parler jusqu'à ce que je mentionne l'amitié que j'éprouvais pour sœur Marie. Elle me mit alors en garde : il ne fallait pas être partagée ; il était nécessaire de se libérer de toute attache humaine. Je lui répondis que Jésus était un Dieu incarné qui avait constamment manifesté de la tendresse envers ses disciples et les gens qu'il avait côtoyés ; j'ajoutai que cette amitié privilégiée et très chaste ne m'empêchait nullement de rester ouverte aux autres sœurs.

Elle accepta mes explications avec une certaine réserve.

Je renouvelai ensuite ma demande de cours d'initiation à la théologie. La mère ne voulut pas en entendre parler, rétorquant que « j'avais choisi l'ordre des clarisses dans lequel l'étude est inutile ». Elle me fit part de sa crainte de me voir devenir prétentieuse, me rappelant que les autres sœurs avaient su se passer de formation et qu'il fallait que je fasse de même.

Comme elle commençait à hausser le ton et à

s'énerver, je jugeai prudent de remettre à plus tard toutes les autres choses que je désirais lui dire et quittai son bureau très déçue.

Pendant toute la période de la « visite », l'abbesse bénéficie d'un régime alimentaire de faveur : beurre au petit déjeuner, potage consistant et viande à midi, œufs le soir, alors que les sœurs se contentent de l'ordinaire. En outre, à 16 heures, elle goûte copieusement. Je me souviens d'être allée dans son bureau pour lui demander un renseignement et de l'avoir surprise enfournant plusieurs gâteaux secs, une tasse de thé posée sur la table.

Je repartis en prétendant m'être trompée de porte, et me rappelant que la règle recommandait à l'abbesse d' « observer elle-même en toute chose la vie commune » et d' « être la première par ses vertus ».

L'avent succédait à la « visite ». Le souvenir que j'en garde est surtout lié à la beauté des offices.

Pendant la période de l'avent, les deux mères s'affairèrent à débarrasser une pièce attenante au noviciat. Elles m'expliquèrent qu'elle servait chaque année à entreposer les dons reçus pour Noël. J'avais déjà remarqué que nous recevions beaucoup de dons en nature : nourriture, vêtements, linge, lingerie, produits d'entretien. Des gens de toutes les classes sociales échangeaient des cadeaux contre des prières d'intercession.

Ce temps de l'avent était marqué par quelques privations supplémentaires : une récréation en moins, l'absence de dessert deux fois par semaine, le petit déjeuner absorbé debout. Je trouvai ce dernier point absurde et en fis la remarque aux sœurs. En effet, le fait de devoir attendre chaque matin deux heures et demie avant de pouvoir avaler quelque chose était déjà un grand sacrifice. Personne ne dit rien, mais le lendemain tout le monde prit son petit déjeuner assis. Ma joie fut cependant bien atténuée lorsque Marie me reprocha mon intervention. Il s'ensuivit une discussion dans laquelle je lui répondis que je trouvais regrettable que son amour pour Dieu se manifestât surtout par des attitudes extérieures de ce genre, et je m'empressai de lui citer les paroles de Jésus aux pharisiens : « A l'extérieur vous paraissez justes ; à l'intérieur, vous êtes pleins de comédie... » Elle avait souri, nous étions à nouveau complices.

Il se mit à faire très froid. J'avais de plus en plus de mal à me réchauffer. L'unique parade que j'avais trouvée était de courir toutes les heures dans les allées gelées du jardin. Marie vint à mon secours : il fallait scier du bois pour les jours de lessive. Je proposai mon aide, mère Anne donna son autorisation. Nous descendions dans la cour chaque matin à 9 heures trier le bois. Ensuite, nous sciions chaque bûche en trois ou quatre morceaux. Il s'agissait d'un travail harassant et la hache me faisait peur, mais j'étais heureuse d'emmagasiner un peu de chaleur.

En début d'après-midi, j'employais mon temps libre à lire, puis, vers 3 heures, je retournais dans la cour pour fendre les bûches coupées le matin. Ce travail dura une bonne semaine.

Comme le voulait la coutume, la mère venait chaque mois au noviciat avec sa balance pour contrôler mon poids. Or, si les premiers mois j'avais grossi de deux kilos, voilà qu'en ce début de décembre la balance accusait deux kilos de moins. En conséquence, notre mère m'interdit de couper du bois. Je savais parfaitement que ce n'était pas le fait de couper du bois qui m'avait amaigrie, mais bien la mauvaise alimentation, et je décidai de m'en expliquer avec elle. Tout de go, je lui dis ce que je pensais de la nourriture. Je lui fis remarquer que nous mangions de façon très déséquilibrée, trop de féculents, pas assez de protéines, et surtout trop de légumes avariés et de laitages périmés. Ainsi, nous venions de passer un mois à manger, midi et soir, jour après jour, de la confiture moisie. Je commençais à souffrir de brûlures d'estomac et j'étais sûre de ne pas être la seule ; j'avais remarqué que la plupart des sœurs absorbaient beaucoup de médicaments pour digérer. Dans le feu de la discussion, j'affirmai à la mère que, désormais, je préférerais ne pas manger plutôt que de consommer des aliments avariés. Elle fut interloquée et ne sut que me répondre : « Avec un tel esprit de rébellion, tu vas perdre ton esprit religieux ; tes sœurs, elles, acceptent cette nourriture par pauvreté », et elle conclut en me rappelant que je n'étais pas venue chez les clarisses pour avoir du plaisir.

Bien que pensant qu'il ne s'agissait pas de plaisir — je n'avais jamais été particulièrement gourmande — mais de simple bon sens, j'abandonnai la discussion, renouvelant seulement mon désir d'avoir une activité intense afin de combattre le froid. Comme elle ne se laissait pas fléchir, je lui fis remarquer sèchement que je savais que les sœurs cuisinières lui faisaient chauffer des briques pour le bien-être de ses mains et de ses pieds.

Vexée et exaspérée, la mère capitula : je continuerais à couper du bois.

Sœur Marie-Monique, soixante-seize ans,
première portière

Sa mère meurt lorsqu'elle a huit ans ; son père, qui est paysan, élève ses deux enfants sans se remarier. Il est très pieux et emmène régulièrement ses enfants aux offices du dimanche. Marie-Monique passe le certificat d'études et un C.A.P. de couturière.

Elle entre chez les clarisses de A. à vingt ans, tandis que son frère devient prêtre dans un village voisin. Sœur Marie-Monique est très influencée par ce frère, mort à quarante ans, dont elle parle comme d'un saint. Elle le décrit très ascétique, aimant les mortifications, jeûnant et se privant de sommeil. C'est un peu grâce à elle qu'il a pu devenir prêtre : en effet, elle est restée à la maison pour seconder le père, permettant ainsi à son frère de quitter la maison et de poursuivre de longues études.

Le postulat de Marie-Monique se déroule bien. Lorsqu'elle entre au monastère, le noviciat compte plusieurs jeunes sœurs. Elle se plaît à raconter une réaction étonnante : pendant six mois, elle a le fou rire au moment de la récitation de la litanie des morts ; mais cela lui passe du jour au lendemain.

Elle confectionne des dentelles et brode des nappes d'autel, puis devient première portière (chargée des communications entre la clôture et les sœurs externes).

Sœur Marie-Monique est extrêmement soumise devant l'abbesse, s'agenouille devant elle pour lui parler et sollicite souvent sa bénédiction. Elle respecte la règle à la lettre et garde toujours les yeux baissés. Elle travaille très lentement et pour cela arrive le plus souvent en retard aux offices. Pendant ses allées et venues entre la porte de clôture et la communauté, elle marmonne inlassablement. Les récréations l'ennuient, elle y somnole fréquemment. Elle ne porte aucun intérêt à la lecture ni aux nouvelles de l'extérieur, et sa conversation est inexistante. Elle ne recherche une relation avec ses sœurs que pour leur parler de son frère. Elle a conservé ses lettres et les relit parfois aux autres sœurs. Elle ne parle pas de son amour pour Dieu et n'exprime jamais un sentiment quelconque, soit pour une sœur, soit pour une personne extérieure.

Depuis ses pieds noirs et cornés jusqu'à son voile froissé, sœur Marie-Monique affiche un mépris total pour toute hygiène. Elle souffre de rhumatismes mais refuse les chaussettes, par mortification. Au réfectoire, elle fait beaucoup de bruit en mangeant et, s'il y a du gâteau ou une douceur, mange en plu-

sieurs fois afin de ne pas pécher par gourmandise. Elle participe à la grande lessive, mais jamais elle n'aide les sœurs pour le grand ménage, se contentant de nettoyer son lieu de travail : la salle du tour.*

Sœur Marie-Monique se mêle peu aux sœurs, son emploi lui permettant de rester seule. Elle ne paraît avoir le désir ni de vivre ni de mourir.

* Le tour est une armoire ronde et tournante, posée dans l'épaisseur du mur, destinée à recevoir ce qui y est déposé par la sœur externe, hors de la clôture.

Noël approchait...

Noël approchait.

Nous avions reçu d'un agriculteur de la région une centaine de kilos de pommes de terre. Il fallut les étaler sur la paille dans la dépense (pièce où est entreposée la nourriture). Sœur Cécile était si percluse que notre mère me demanda de l'aider. J'en fus contente, j'avais besoin de m'activer et j'aimais bien sœur Cécile. Il fallait trier toutes les pommes de terre, des plus belles aux plus abîmées, puis les disposer sur la paille. Tout en faisant ce travail, j'évaluai le stock de conserves et comptai approximativement vingt boîtes de gâteaux d'un kilo chacune, une centaine de litres de sirop et jus de fruits, de nombreuses conserves de pâté, des petits pois, des haricots verts, des fruits au sirop, et au moins six cents kilos de confitures. Or, tout cela n'était utilisé qu'exceptionnellement, les jours de fête. Le reste de l'année, nous ne mangions que des produits avariés, donnés par les commerçants.

Ou alors la mère faisait acheter, par la sœur externe, des haricots blancs. Seule la confiture n'était pas réservée aux grands jours ; nous en avions midi et soir comme dessert, mais elle était malheureusement fort indigeste, n'ayant pas, par mesure d'économie, été cuite assez longtemps.

Le tri des pommes de terre terminé, étant donné ce que j'avais découvert, je redemandai audience à l'abbesse. Je lui dis ce que j'avais vu, et que je ne comprenais pas une aussi mauvaise organisation en ce qui concernait notre alimentation. La discussion prit rapidement un tour semblable à la précédente. Pourtant, en quittant son bureau, je n'étais pas démoralisée et pensai qu'un jour, avec l'aide du Seigneur, les choses évolueraient.

De retour au noviciat, je me débrouillai pour obtenir de mère Anne la permission de voir tout ce que la communauté avait reçu en dons ces derniers jours. Elle ignorait la conversation orageuse que je venais d'avoir avec notre mère et accepta, à condition de m'accompagner.

Je découvris alors une quantité de bonnes choses : une vingtaine de boîtes de chocolats, des calissons, des pâtes de fruits et des marrons glacés. Il y avait aussi des bougies décorées et quelques livres.

Mère Anne m'expliqua que — par l'intermédiaire de sœur Germaine, une des deux sœurs externes — notre mère offrirait les boîtes de chocolats aux notables de la ville : M. le maire, les médecins, le dentiste, le notaire et quelques autres. Les boîtes de calissons, les pâtes de fruits et les marrons glacés étaient destinés aux épouses. Notre mère offrirait également des chocolats à tous les prêtres amis de la communauté pour les remercier de leurs multiples services. Je ne voyais pas bien de quels services il pouvait s'agir, mais je pensais qu'il valait mieux que je me taise.

Pendant l'avent, je relus un livre de dom Marmion, *le Christ dans ses mystères,* et passai de longues heures avec mère Anne à parler de Noël, de l'Incarnation, de la liturgie.

Mes parents choisirent cette époque pour me rendre leur première visite. Notre mère les y avait autorisés, parce que je n'étais que postulante (pour les sœurs, les visites et le courrier étaient supprimés pendant l'avent et le carême). Pour la circonstance, j'eus également le droit d'ouvrir les grilles du parloir. Seule une murette de quatre-vingt-dix centimètres nous séparait. Mes parents avaient de la peine — ils n'étaient guère croyants —, mais essayaient de comprendre mon choix. En plus des boîtes de Tampax et du stick de déodorant que je leur avais demandés, ils apportèrent plusieurs boîtes de chocolats et de nombreuses conserves pour la communauté. Je ne leur dis pas que les friandises seraient offertes et que les conserves attendraient d'être largement périmées avant d'être ouvertes. Ils m'avaient aussi donné quelques paquets de cigarettes. De trois paquets dans « le monde », j'étais parvenue à ne fumer que trois cigarettes par jour. J'avais du mal à me déshabituer, mais je savais que j'étais sur la bonne voie. Les sœurs trouvaient pourtant que je ne faisais pas beaucoup d'efforts.

Pendant cette période, j'alternai la lecture avec la confection de petits paquets cadeaux destinés aux sœurs, cela sous la surveillance de mère Anne. A Noël, chaque sœur reçoit un cadeau, et la coutume veut que les paquets soient préparés au noviciat. A l'intérieur du paquet, quelques images, quelques bonbons ou dragées, des crayons, du fil, des aiguilles. Cette activité, qui exigeait l'immobilité, me fut très pénible à cause du froid, dont la morsure me semblait par moments si cruelle qu'il m'arrivait de pleurer. Mère Anne m'affirmait que c'était là question d'habitude ; je voulais la croire, mais je savais que d'autres souffraient du froid plus que moi et ne s'étaient jamais habituées. Sœur Saint-François pleurait souvent, elle aussi.

Notre mère et mère Anne étaient de plus en plus occupées par les visites des bienfaiteurs qui venaient parfois de fort loin pour les voir.

J'entrepris alors d'explorer le grenier. Je voulais connaître les endroits où l'on ne m'avait jamais menée et je me disais que, si une sœur venait à me surprendre, je prétexterais le désir d'admirer la plaine par les lucarnes. J'eus l'impression de pénétrer dans la boutique d'un brocanteur : des malles rebondies, des livres, des meubles anciens, des cuvettes et brocs en porcelaine, des cuivres et des étains de toutes sortes, une très ancienne baignoire. Il y avait aussi des lits et des matelas. Plusieurs objets semblaient avoir beaucoup de valeur. Je savais d'ailleurs que quelques pièces étaient de temps à autre vendues à un brocanteur « honnête », comme me l'avait une fois dit notre mère.

Je savais désormais que nous n'étions pas de vraies pauvres.

Apparemment aucune sœur ne remarqua mon expédition au grenier.

Entre les répétitions des chants, la décoration de la chapelle et du réfectoire — crèche, houx, guirlandes, sapin —, la dernière semaine de l'avent passa très vite. Le monastère était en fête.

Sœur Marie, trente-neuf ans, deuxième portière

Quatrième enfant d'une famille de cinq. Elle a deux sœurs aînées, un frère et une jeune sœur, qui est également clarisse à A.

Ses parents, cultivateurs, habitent un petit village proche d'A. Ils sont pauvres. Trois générations cohabitent. La maison est petite, les enfants ont une chambre commune ; ils servent de main-d'œuvre à la ferme. Marie fréquente peu l'école, il y a toujours quelque chose à faire à la ferme : garder les vaches, ramasser le foin, vendre les volailles à la foire.

Son père est pieux. Sa mère va à la messe chaque matin, prie en travaillant et a très peur de Satan. Elle jeûne souvent parce que l'Église le demande, mais aussi parce que la famille est pauvre ; elle se prive pour que son mari puisse manger à sa faim. Très jeunes, les enfants ont des carences : les os se décalcifient et les dents se gâtent. A table, le repas est presque toujours le même : haricots blancs et pain. Marie obtient le certificat d'études. Lorsque le père meurt, jeune encore, le frère reprend la ferme et les deux sœurs aînées trouvent une place dans une grande exploitation des environs. La plus jeune, Marie-Françoise, reste à la ferme. Quant à Marie, elle trouve une place de vendeuse en ville. Elle est toujours pieuse et va à la messe chaque soir après le travail. Les prêtres la connaissent bien. Dès qu'elle dispose d'un moment, Marie va prier à l'église. Elle aime la solitude, elle ne songe ni à se marier ni à avoir des enfants. Son horizon se limite à la ferme, au magasin et à l'église. Un jour, elle découvre saint François. Elle se décide alors rapidement : elle sera clarisse. Il y a justement un monastère tout près, à A. Sa famille est d'accord et même heureuse. Elle a vingt et un ans.

Le noviciat est vide depuis assez longtemps. La maîtresse des novices est l'abbesse actuelle et l'abbesse est mère Anne. Marie a du mal à s'entendre avec sa maîtresse des novices, elles sont incapables de communiquer, et il s'installe entre elles une espèce d'antipathie physique qui durera.

Mais la vie monastique convient à Marie : la pauvreté, les économies de bouts de chandelle, elle est habituée, rien ne la choque. La nourriture ne change pas beaucoup. Pour le reste, c'est presque mieux, puisqu'elle dispose d'une cellule pour elle toute seule. Elle fait beaucoup de couture, elle apprend le solfège et la sœur organiste lui donne des leçons de piano.

Elle lit très peu, elle n'aime pas cela, et la maîtresse des novices ne l'y incite pas.

Sa plus jeune sœur, Marie-Françoise (qui deviendra sœur Saint-François), la rejoint rapidement. Les deux n'ont jamais cessé d'entretenir des relations de grande sœur à petite sœur. Peu après, une autre jeune fille entre, Marie-Véronique. Elles sont maintenant trois au noviciat.

Les sœurs aiment Marie, elle est travailleuse, serviable, souriante et n'a pas peur des privations.

Elle n'a pas quarante ans, mais souffre déjà de nombreuses déformations : elle a perdu toutes ses dents depuis longtemps, a mal aux genoux et porte des chaussures orthopédiques. Pourtant, elle a un joli visage fin et est restée mince. L'habit lui va bien et elle est toujours propre. Elle a un beau rire franc et chaleureux.

Très jeune, elle fut nommée seconde portière. Elle participe à tous les travaux pénibles, aide volontiers au jardin, à la lessive, à la cuisson du pain d'autel. Sœur Marie aime la vie qu'elle a choisie, et cela se voit.

Le soir de Noël...

Le soir de Noël, notre mère décida d'allumer le chauffage central. Ce fut le plus beau des cadeaux.

Afin que nous fussions légères pour mieux chanter, on nous servit un simple potage en guise de repas du soir. Commença ensuite la veillée de la Nativité. Complies, oraison, litanie des martyrs, office des lectures et messe nous menèrent à minuit et demi.

Nous nous retrouvâmes ensuite au réfectoire, où notre mère nous souhaita un fervent Noël devant un bol de chocolat chaud. Elle nous donna aussi l'autorisation de parler. Toutes les sœurs firent l'éloge du sermon, qui avait été beau. Il est vrai que les prêtres qui venaient officier au monastère avaient toujours quelque chose d'intéressant à dire et que leurs sermons étaient rarement ennuyeux.

L'horaire du jour de Noël était identique à celui des dimanches ordinaires, simplement les offices étaient plus longs et plus solennels.

Le déjeuner fut bon : de la dinde (offerte par un fermier), des haricots verts et une bûche (également offerte). Je regardai les sœurs avec étonnement : elles se goinfraient littéralement. Il me sembla même que l'une d'elles allait manger l'os de la cuisse... mais non, sans attendre, elle attaqua le dessert tout en continuant à avaler du pain. En effet, qu'il s'agisse de fruits, de confiture ou de gâteaux, les sœurs avaient l'habitude de les accompagner de tranches de pain. Pendant la récréation, la mère distribua les cadeaux, devant lesquels les religieuses s'émerveillèrent longuement. Elle raconta aussi les visites, lut le courrier envoyé par les prêtres et amis du monastère, enfin fit part de tous les dons reçus, en citant les donateurs. Notre mère donna également à chaque sœur les lettres arrivées pendant les quatre semaines de l'avent. Autrefois, tout le courrier personnel était lu par l'abbesse — à l'arrivée comme au départ — avant d'être transmis à la destinataire ou confié à la poste. Aujourd'hui encore, toutes les sœurs âgées du monastère souhaitent que la mère lise leurs lettres.

Les jours suivant Noël, je passai mes heures de loisir à écrire à mes parents et à mes amis. Je pouvais rester assise, grâce à la température clémente. Avec dix ou douze degrés dans les pièces, l'immobilité devenait possible. Je confectionnai aussi des cartes de vœux avec de la feutrine ou à la peinture.

Notre mère avait permis aux trois plus jeunes sœurs de me rejoindre au noviciat. Nous travaillions ensemble, en respectant le silence. C'était agréable et nous en étions tout heureuses. Mais il s'agissait d'une faveur exceptionnelle.

Le dimanche après Noël, je descendis rejoindre Marie au jardin. Malgré le grand froid, nous marchâmes côte à côte pendant de longs moments. Entre nous se tissaient des liens toujours plus profonds, et je me permis de lui faire part des choses qui me choquaient tant et me gênaient dans ma vie religieuse, telles que le refus de l'hygiène et du corps en général, la crainte des rapports amicaux, tout ce que je trouvais malsain dans cette vie. Marie me regarda longuement comme si elle hésitait, puis me répondit : humilité... soumission... don de soi... Elle me rappela que l'abbesse, investie de l'Esprit saint, représente Dieu dans la communauté où elle exerce sa « paternité » spirituelle. Quant à l'hygiène de vie, Marie n'y trouvait rien à redire. Manger des denrées saines serait de la gourmandise, et, de toute façon, n'y avait-il pas toujours suffisamment de pain ? Enfin, elle me rappela que nous étions pauvres et qu'il en découlait que tout devait être économisé au maximum.

Bien sûr, parfois le ton montait, et nous étions prêtes à nous invectiver. Nous passions alors à un autre sujet où nous savions être d'accord, comme la beauté des offices ou l'intensité de nos prières personnelles.

Comme dans tous les monastères, les personnes le désirant pouvaient se rendre à la chapelle et participer à nos offices. Ainsi, le 31 décembre, une veillée de prière avait été prévue. Différents textes devaient être lus par quatre sœurs que l'abbesse avait désignées pour leur bonne diction. Elle leur demanda de venir s'exercer dans son bureau, car elle avouait avoir peur d'une hésitation et de ce que « les gens pourraient en dire ». Moi aussi, j'avais un texte à lire, mais la mère ne m'appela pas.

La veillée se déroula bien, l'assistance fut nombreuse et fervente. Le lendemain matin, 1er janvier, la mère nous souhaita une heureuse année, et nous nous embrassâmes.

Notre mère avait également choisi quelques sœurs pour répondre aux nombreuses cartes de vœux qui nous parvenaient chaque année. Les sœurs faisaient un brouillon ; l'abbesse le modifiait de façon systématique, les sœurs recopiaient les quelques lignes sur la carte choisie par l'abbesse, qui la relisait encore avant de la signer et de l'expédier.

Les fêtes terminées, je redemandai audience à l'abbesse. En effet, je me sentais mal à l'aise depuis les découvertes du mois de décembre. J'avais souhaité laisser passer les fêtes sans heurts, mais je n'en avais pas pour autant renoncé à demander des éclaircissements.

J'obtins de la mère une bonne heure d'entretien et lui exposai immédiatement les raisons de ma visite. Je ne comprenais pas. Je ne comprenais pas l'infantilisation des sœurs, la totale dépendance qu'elle exigeait d'elles, sa façon autoritaire de gouverner seule le monastère. Je revins à la composition absurde des repas, aux médicaments qu'elle imposait aux sœurs malades après les déjeuners et les dîners très mauvais. Je ne comprenais pas son intervention dans tous les faits et gestes de la vie quotidienne ; elle allait jusqu'à indiquer aux religieuses la façon dont il fallait qu'elles s'habillent sous leur robe. Et pourquoi était-elle la seule à choisir les cantiques de la messe, Marie ou sœur Gabriel — l'organiste — n'ayant même pas le droit de faire des propositions ? Et pourquoi ne se fondait-elle que sur son humeur du moment pour accorder ou pour refuser une pelote de laine, du fil, un carré de tissu, pourtant nécessaires à leur travail ? Pourquoi était-elle constamment en train de fureter dans les bâtiments, comme pour surprendre l'une ou l'autre en flagrant délit de bavardage ou de manque d'assiduité à l'emploi ? Et, enfin, pourquoi ne pas donner tous ces lits, ces couvertures, ces matelas que nous ne savions où mettre, tellement ils étaient en surnombre ? Il y avait pourtant une antenne du Secours catholique à deux pas du monastère. Comme elle restait sans réaction, et au risque de paraître obsédée, je parlai à nouveau de la nourriture : pourquoi ne pas consommer immédiatement les produits (yaourts, jambon, fromages, légumes) apportés par les différents commerçants de la ville ? Très souvent, ces produits sont à la limite de la période de consommation (deux ou trois jours après la « date limite de vente ») ; alors qu'à ce moment-là ils sont encore parfaitement mangeables, pourquoi les laisser se dégrader et les proposer aux sœurs quinze jours ou plus après leur arrivée, dans l'état que l'on devine ? Et, lorsqu'il y avait abondance de dons, pourquoi jetions-nous à la fosse à fumier les œufs ou les fruits reçus en excédent, plutôt que d'en faire bénéficier les nécessiteux ? Était-ce cela, la pauvreté voulue par saint François et par sainte Claire ?

Interloquée, l'abbesse se leva de son siège et fit quelques pas dans la pièce. Je compris qu'elle faisait de grands efforts pour garder son calme. Elle parla enfin d'une voix altérée, et, de son discours, je retins que « je jugeais en fonction des habitudes du monde, je continuais à vivre par ma volonté propre, je ne réussissais pas à renoncer à mes idées propres et à ma volonté propre pour adhérer à celles du Christ ». Puis elle me rappela que je n'étais que postulante et que, « plus tard », je comprendrais. Elle me parla comme à une petite fille. Je quittai son bureau en pleurant, lasse et dégoûtée, pour la première fois vraiment révoltée.

Il me fallut plusieurs jours pour me remettre d'une telle déception, et je ressentis la nécessité de rester seule au noviciat ou au jardin, où je retournais la terre, refaisais et nettoyais les bordures. Je ne désirais pas, à ce moment-là, avoir trop de contacts avec la communauté.

Tous les radiateurs avaient été éteints, bien que de nombreuses personnes eussent offert de l'argent pour subvenir aux frais de chauffage du monastère.

Comme toujours après un entretien houleux, la mère se montra charmante avec moi, m'apportant des bonbons, me donnant des enveloppes et du papier pour le cas où j'aurais eu envie d'écrire, m'offrant des images pour mes missels. Visiblement, elle ne savait que faire pour moi et donnait l'impression de vouloir se faire pardonner. A ces moments-là, je ne pouvais m'empêcher de la détester et de la mépriser. Ces sentiments empoisonnaient mon cœur et entravaient ma relation à Dieu.

Bien qu'à cette époque je fusse vraiment découragée, l'idée d'abandonner ne m'effleura même pas. N'avais-je pas déjà, dans « le monde », connu des situations pénibles ? Je ne devais pas tomber sur les pierres du chemin.

Sœur Saint-Jean-Baptiste,
soixante-quatorze ans, sacristine

Une enfance très heureuse dans une famille relativement aisée. Son père, maréchal-ferrant à A., est propriétaire de sa petite entreprise. Sa mère, très pieuse, emmène ses quatre enfants à la messe plusieurs fois par semaine, ainsi qu'à toutes les processions. Dès l'âge de quatre ans, sœur Saint-Jean-Baptiste ressent l'appel de Dieu. Adolescente, elle chante dans la chorale paroissiale et fréquente assidûment le patronage. Elle aime particulièrement la Vierge et sainte Bernadette, et souhaite leur ressembler. Tout naturellement sœur Saint-Jean-Baptiste entre dans le seul couvent de A. : les clarisses. Elle a vingt ans.

Bien qu'ayant le certificat d'études et quelques années d'enseignement ménager, elle ne sait pas faire grand-chose. Juste un peu de couture apprise au patronage. Son postulat se passe sans problèmes ; elle aime lire les vies de saints et prend plaisir à l'étude du latin. Elle sacrifie avec empressement sa longue chevelure brune, et elle garde de son temps de noviciat un souvenir ému.

Rapidement, elle souffre de névralgies faciales et de maux d'estomac. Elle supporte si mal la nourriture du monastère que l'abbesse se voit obligée de lui accorder un régime particulier : salade de pommes de terre, un œuf et de la compote à midi, soupe au pain et crème de gruyère le soir, et cela tout au long de l'année ; elle doit manger à l'infirmerie, parce que le réfectoire est trop humide.

Sœur Saint-Jean-Baptiste assume l'emploi de sacristine. Elle nettoie le chœur, entretient le linge d'autel, fleurit la chapelle et le tabernacle. Elle n'a pas la force de participer au grand ménage et se contente d'étendre le linge le plus léger les jours de grande lessive.

Très bavarde, elle a du mal à respecter le silence ; elle a toujours quelque chose à dire à l'une ou à l'autre de ses sœurs. Elle lit beaucoup et tout ce qui lui tombe sous la main. Elle écrit très souvent de véritables sermons à ses frères et sœurs. Ceux-ci viennent rarement lui rendre visite.

Souvent, elle exprime son horreur pour le corps humain, et particulièrement pour celui de l'homme ; chaque fois qu'une sœur mentionne un homme autre qu'un prêtre, elle s'écrie : « Quelle horreur ! » et, lorsque son frère vient la voir, elle évite de l'embrasser.

Sœur Saint-Jean-Baptiste éprouve un grand amour pour la Vierge et récite chaque jour le rosaire, ainsi qu'un grand nombre de prières découvertes dans les livres ; elle en veut aux protestants de ne pas connaître la Vierge.

Sœur Saint-Jean-Baptiste parle souvent de la mort et affirme la désirer et l'attendre depuis le jour où elle est entrée en religion. Elle a hâte de rencontrer Celui qu'elle a épousé et sa mère, la Vierge.

Elle a, au chœur, une tenue exemplaire, mais fait beaucoup de bruit en traînant ses socques. Malgré son âge et les rides qui lui griffent le visage, elle a belle allure : grande et mince. Bien sûr, elle porte un dentier et des lunettes. Elle se lave peu.

Très traditionaliste, elle serait du côté de Mgr Lefebvre si le pape le permettait. Mais l'obéissance avant toute chose.

La retraite

Puisqu'il me fallait apprendre à vivre sans mon corps, il me sembla que mieux connaître et aimer la Vierge pourrait m'être salutaire. Je me mis donc en quête d'ouvrages sur Marie et décidai d'étudier attentivement les passages de l'Évangile la concernant. J'aimais le dessein de Dieu sur sa personne, mais je ne parvenais pas à m'habituer à la manière effacée et soumise dont on la représente. Je pensai que nous, religieuses, étions effectivement investies d'une mission comparable à la sienne, à notre échelle, bien sûr.

Je voulais que tous mes actes, que toutes mes paroles pussent être une offrande à Dieu. Pendant les récréations du dimanche, je parlais volontiers de la Vierge avec les sœurs, et j'aurais aimé les convaincre qu'il était possible de la considérer autrement que comme modèle d'abnégation. Elle était pour toutes la référence parfaite ; en conséquence, aucune n'aimait les protestants. Lorsque la conversation devenait trop vive, notre mère prenait la parole pour nous lire une lettre ou nous donner des nouvelles de l'extérieur.

Le moment de la retraite annuelle approchait. Il s'agissait, chaque année, au début du carême, d'une semaine de réflexion et de conférences sur un thème choisi et proposé par un moine prêcheur.

Tout au long de l'année, notre mère recevait des offres d'animation. Les pères exposaient le sujet de leur retraite, précisaient leurs disponibilités ainsi que leur tarif. De préférence à un dominicain ou à un bénédictin, la mère choisissait toujours un franciscain, parce que leurs tarifs, de tous les frères prêcheurs, restaient les plus modestes. J'avais entendu une conversation entre elle et mère Anne à ce sujet ; mère Anne approuvait son souci d'économie.

La retraite commença un lundi. Le père franciscain arriva tôt le matin et s'entretint plusieurs heures avec la mère au parloir. La première conférence eut lieu l'après-midi du même jour. Le père donna le plan de la retraite, dont le thème était l'Exode. Exode de Dieu et des hommes : la marche dans le désert, où il ne faut compter que sur Dieu ; le désert comme temps des fiançailles, du cœur-à-cœur avec Lui, et également comme lieu de la tentation et du désespoir, un passage, une invitation. Comme je me sentais encore loin de la perfection évangélique et monastique ! Aussi, quelle joie quand, pendant la méditation à la chapelle, une certitude m'éblouit : au cœur de ma souffrance et de ma nuit — mon désert —, je veillerais inlassablement et j'attendrais l'aurore de toutes mes forces.

J'étais à nouveau en paix.

Les conférences se tenaient au parloir, le moine du côté des visiteurs, toutes les sœurs du côté de la clôture, la murette et la grille du milieu les séparant. Le père parlait seul : jamais aucune intervention ni question d'aucune sœur. Je supposais qu'elles n'y auraient même pas songé.

Pendant cette semaine, le rythme de la communauté est transformé : aucun travail communautaire, pas de récréations, personne au jardin. Les journées se déroulent entre le parloir et le chœur, et un silence total enveloppe le monastère.

Je vécus cette semaine dans un mélange d'angoisse et d'enthousiasme. Les paroles du moine m'affolaient et me donnaient matière à réflexion. En dehors des heures de conférence, des offices et des heures de méditation, je circulais dans la maison, car notre mère ne voulait pas que je reste aussi longtemps que les autres sœurs à la chapelle ; elle craignait que je ne me fatigue, disait-elle. Cela me permit de constater que sœur

Marie-Monique, la portière, lavait le linge du père : sous-vêtements, chemises et chaussettes, et repassait le tout. Je vis aussi qu'on lui préparait de bons petits plats : pigeons aux champignons, omelettes au jambon, salades, plateau de fromages, fruits et gâteaux, de la viande aux deux repas. Je m'étais trouvée dans le couloir alors que le plateau passait de la cuisine à la salle du tour. La sœur portière baissa les yeux lorsqu'elle rencontra mon regard. Quant à nous, en ces jours de retraite, nous mangions — si possible — encore plus mal que d'habitude. Les sœurs cuisinières — pour ne pas manquer la conférence, ce qui était tout à fait légitime — préparaient notre repas dès 8 heures du matin. Il nous était servi entièrement froid et était des plus difficiles à avaler. Elles préparaient le repas du père à 11 h 30 et n'assistaient donc pas aux offices du milieu du jour. La même chose se produisait le soir. Notre mère voulait honorer notre hôte, qui dormait et prenait ses repas à la petite hôtellerie attenant au monastère.

La dernière conférence eut lieu le samedi matin et, l'après-midi, nous nous confessâmes toutes au moine, qui repartit après la messe du dimanche matin.

Les sœurs restèrent assez longtemps marquées par cette retraite : elles s'interdisaient de parler inutilement, évitaient de se jeter sur la nourriture (améliorée dans la mesure où nous ne mangions plus froid). En toute chose, elles se montraient attentives et recueillies, puis, petit à petit, les habitudes reprirent le dessus.

La retraite m'ayant apporté un grand réconfort, je me montrai plus conciliante, et la mère décida de me confier une tâche importante : établir la recette des quêtes des trois paroisses de A. et de deux villages proches. Le total s'élevait en général à 2 000 francs, presque exclusivement en pièces de 20 et de 50 centimes. Pour les fêtes, cette somme doublait ou triplait, et il y avait quelques billets de 100 francs. Je répartissais les pièces et confectionnais des rouleaux de 20 francs. L'abbesse m'avait dit que cette activité était rémunérée : à la fin de l'année, le prêtre responsable de ces paroisses donnait une certaine somme d'argent à la communauté, et je calculai que nous étions « payées » au tiers du Smic. Notre mère m'avait indiqué le montant de la somme, afin que je prenne bien conscience de l'importance de mon travail, me rappelant qu'en principe on ne confie jamais un travail rémunéré à une postulante.

Ce travail accompli, je lisais ou travaillais au jardin. Le froid continuait à sévir, et nous en souffrions toutes. Sœur Saint-François se bloquait souvent le dos et restait couchée des journées entières. Elle n'assistait ni aux offices, parce que le chœur n'était pas chauffé, ni aux repas, parce que le réfectoire était humide et les plats pas assez chauds. Elle délaissait même son emploi (aide-cuisinière, dépense, raccommodage), et j'appris par Marie que notre mère préférait qu'elle restât en cellule à ces moments-là, tant elle était désagréable avec les autres. Sœur Dominique, qui n'était pas malade, mais simplement frileuse, avait à peu près le même comportement. Parce qu'elle avait froid, elle ne se levait pas le matin et n'arrivait à la chapelle que pour la messe, puis se recouchait et ne se relevait qu'à midi. Mais si les plats étaient froids, elle repoussait son assiette et repartait au lit en claquant la porte du réfectoire. Notre mère levait alors les yeux puis les baissait vers son assiette. Les autres sœurs ne réagissaient pas davantage.

Nous souffrions toutes du froid, tout le monde avait des rhumatismes, et la plupart subissaient leur douleur en silence. Mère Anne aussi avait beaucoup de difficulté à marcher et à se relever d'une chaise, à cause de son arthrose.

Je continuais à passer une bonne partie de mes dimanches au jardin en compagnie de Marie. Nous nous aimions de plus en plus. Elle m'avoua un jour que j'étais unique dans son affection humaine, et cela malgré la distance imposée par la règle. Elle me disait qu'elle observait mes progrès dans la vie monastique, qu'elle me trouvait de plus en plus enracinée dans le Christ. J'avais plaisir à lui parler de ma vie intérieure et lui confiais volontiers mes difficultés, concernant toujours les mêmes sujets : ainsi, j'étais particulièrement frappée par l'espèce de masochisme que je constatais dans le comportement des sœurs. Marie n'était pas d'accord et elle m'affirma avec force que pendant ses vingt ans de vie religieuse, pas une seule fois elle n'avait recherché ou trouvé du plaisir dans la douleur. Pour les autres sœurs, elle ne savait pas. Elle me conseillait avec beaucoup de sagesse, me parlait de « seuils à franchir », de « tolérance envers les pratiques des autres ». Je lui répliquais qu'à mon avis Dieu n'avait pas besoin de mortifications incessantes pour transfigurer notre être et que je ne croyais qu'en une ascèse joyeuse, que seulement dans ces conditions je la croyais nécessaire et bonne.

Nos rencontres duraient de longues heures et nous étions toujours surprises lorsque la cloche annonçait vêpres et la fin du temps libre. Nous nous séparions alors en nous promettant de reprendre la conversation le dimanche suivant, ce que nous ne manquions jamais de faire.

Somme toute, l'hiver passa vite, et j'avais de plus en plus de rapports profonds avec les sœurs, puisque la mère m'avait permis de participer à tous les travaux communautaires. Mais, si j'avais le feu vert pour tous les travaux manuels, il n'était toujours pas question de cours de théologie. Indéniablement, la mère ne désirait pas que j'améliore mes connaissances dans ce domaine.

Sœur Gabriel, quatre-vingts ans,
organiste et secrétaire de l'abbesse

Fille d'un industriel parisien ; milieu aisé. Ses parents s'occupent de bonnes œuvres et fréquentent assidûment l'église. Elle est élevée par un précepteur et apprend la musique dès l'âge de cinq ans. Elle n'a qu'une sœur, Brigitte, qui meurt dans un bombardement pendant la guerre de 1914.

Adolescente, elle lit la vie de sainte Claire et de saint François. Elle est impressionnée par la pauvreté et le désir d'amour de ces deux êtres. Elle a envie de les imiter, de vivre comme eux ; elle n'en parle pas à son entourage et continue à étudier la musique, à raison de six heures par jour. Elle est très douée, instruite et cultivée. Sa décision mûrit, elle attend sa majorité pour l'annoncer à ses parents : elle a choisi l'ordre des clarisses, un petit couvent en province. Ses parents ne font pas d'objection.

Sœur Gabriel décide de faire son entrée dans la vie monastique comme sainte Claire : elle se pare de ses plus beaux vêtements, de tous ses bijoux et demande à un oncle de la conduire à A.

Elle s'adapte bien à la vie qu'elle a choisie. On lui confie tout de suite la charge d'organiste et de secrétaire de l'abbesse, qui se décharge sur elle de beaucoup de courrier.

Sœur Gabriel est simple et affectueuse. La bonté qui se lit dans son regard fait oublier qu'elle est laide. Comme ses sœurs, elle souffre beaucoup du dos mais ne se plaint jamais et jamais ne refuse de participer aux travaux les plus ardus.

La communauté reçoit beaucoup de dons grâce aux nombreuses personnes qui viennent lui rendre visite.

Mort de sœur Marie-Jeanne

Début mars notre doyenne, sœur Marie-Jeanne, déclina. Elle ne quitta plus l'infirmerie et devint incapable de s'alimenter. Sœur Marie-Véronique-de-la-Croix, l'infirmière, s'occupa d'elle à temps complet, et, pendant leur temps libre, les sœurs montaient la voir. Notre mère allait régulièrement lire la Bible à la malade et réciter les offices avec elle. Ainsi, elle n'était pas exclue de la communauté, et j'admirais la générosité des sœurs à son égard.

Je ne sais pourquoi — était-ce de l'entendre parler de son passé et de sa mort prochaine ? —, mais j'avoue n'avoir pas eu le courage de lui rendre visite, et mère Anne me le reprocha.

Un matin, vers les 9 heures, sœur Marie-Jeanne donna d'inquiétants signes de faiblesse. Immédiatement, notre mère la bénit tout en récitant des prières. Les sœurs, averties par une clochette, se hâtèrent vers son chevet. Je les suivis et assistai ainsi à son dernier soupir. Ses dernières paroles furent : « Je meurs, je meurs... »

Après la mort de sœur Marie-Jeanne, la sacristine s'en alla préparer le chœur, et les sœurs s'éparpillèrent. L'abbesse, mère Anne et sœur Marie-Véronique restèrent à l'infirmerie pour préparer le corps de la sœur défunte.

Sœur Marie-Jeanne fut lavée et revêtue de l'habit, de la guimpe, du voile et du cordon les plus usés qu'il fut possible de trouver. Ses pieds furent laissés nus. Son corps fut descendu à la chapelle vers 16 heures. Les stalles avaient été repoussées contre le mur ; on la posa sur trois bancs réunis et recouverts d'un drap blanc, près de la porte vitrée du chœur.

Lorsque les préparatifs furent achevés, Marie vint me chercher au noviciat pour m'amener auprès de sœur Marie-Jeanne, dans le chœur. Elle me tint fermement la main lorsque je pénétrai dans la chapelle.

Pendant toute la journée, la vie du monastère fut comme suspendue ; toutes les sœurs observèrent le silence le plus absolu et se retranchèrent dans leurs activités. Il n'y eut pas de récréation. Avant les vêpres, notre mère réunit la communauté pour établir les tranches de veille pour les deux nuits à venir, puisque l'enterrement n'aurait lieu que le jeudi après-midi. Ces tranches se décomposaient de la façon suivante : de 21 à

24 heures, de 24 à 3 heures, de 3 à 6 heures. J'insistai pour participer à la veille, désireuse de passer avec sœur Marie-Jeanne le temps que je n'avais pas passé auprès d'elle avant sa mort. Je veillai dans la première tranche avec cinq autres sœurs. Dans le silence de la chapelle, éveillée à une heure à laquelle j'avais l'habitude de dormir, je songeai que dans quelques dizaines d'années je serais peut-être là, allongée sur ce même banc, et je demandai au Seigneur de me donner la constance qu'il avait accordée à sœur Marie-Jeanne.

Pendant deux jours nous allions vivre presque continuellement dans le chœur auprès de notre sœur. A part le strict nécessaire, le travail de la journée n'était plus obligatoire et les clochettes ne rythmaient plus les heures. Aussi appartenait-il à chacune de veiller à arriver à l'heure aux offices. Malgré les trois pendules du monastère, presque toutes arrivaient en retard. Bien qu'elle eût une montre (nous n'étions que deux à en posséder : elle et moi), sœur Dominique battait tous les records. Elle n'arrivait qu'après le troisième psaume, c'est-à-dire avec dix minutes de retard, et se mettait aussitôt à accélérer le rythme du chant jusqu'à ce que la liturgie ne soit plus qu'une vaste cacophonie. Le jeudi matin, je changeai de place et allai m'installer dans une stalle éloignée de la sienne. Dominique fondit en larmes et, l'office terminé, notre mère me fit signe de l'attendre dans le couloir ; là, elle me rappela que Dominique était malade des nerfs et m'exhorta à la patience.

Ces mercredi et jeudi-là, je demeurai seule au noviciat. L'abbesse s'occupa des formalités de l'inhumation, et mère Anne rangea la cellule de sœur Marie-Jeanne. Il y eut aussi une répétition des chants des funérailles.

La cérémonie eut lieu à 15 heures. Ce fut un franciscain (le « confesseur extraordinaire » qui venait une fois par mois) qui officia. Ensuite, le corps de la défunte fut déposé dans un cercueil et quitta le monastère. Les clarisses sont enterrées au cimetière de la ville. Je songeai que, de toute sa vie religieuse, sœur Marie-Jeanne n'avait pas dû sortir du couvent plus d'une dizaine de fois. Seuls les membres de sa famille et les deux religieuses externes l'accompagnèrent.

La communauté ne tarda pas à reprendre son rythme de vie ordinaire. Mes journées se déroulaient en général de la façon suivante :

lundi matin : ménage et comptabilité de la quête ;

lundi après-midi : comptabilité ;

mardi matin : lecture ;

mardi après-midi : découpage du pain d'autel et/ou lessive ;

mercredi matin : ménage et lecture ;

mercredi après-midi : jardinage et lecture ;

jeudi matin : travaux manuels (cartes, collage d'icônes) au noviciat et lecture ;

jeudi après-midi : jardinage et lecture ;

vendredi matin : ménage et lecture ;

vendredi après-midi : travaux manuels et lecture ;

samedi matin : ménage du noviciat et lecture ;

samedi après-midi : lecture, répétition de chants et travaux manuels ;

dimanche : libre.

Cet emploi du temps était modifié lorsque survenait un travail extraordinaire et communautaire.

Sœur Marie-de-la-Providence,
soixante-cinq ans, confection des hosties

Née dans une famille aisée du Berry où ses parents possèdent une très grande ferme, elle est la dernière d'une famille nombreuse et la seule à ne pas faire d'études, faute de facilité intellectuelle. Elle coule une enfance heureuse dans une famille très pieuse. Elle découvre la Vierge et l'aime. A la ferme, elle pourrait rester inactive, les ouvriers étant là pour travailler, mais elle désire participer et a envie d'apprendre beaucoup de choses sur la terre, la culture, la nature. Lorsqu'elle atteint dix-huit ans, ses parents l'autorisent à partir seule à bicyclette vers tous les endroits où la Vierge est apparue. Elle dort dans des granges et se nourrit de pain.

A vingt et un ans, elle entre comme postulante chez les clarisses de L., mais elle s'y sent très mal, pour des raisons dont elle ne parle jamais ; un prêtre lui conseille alors de changer de monastère. Elle essaie A. et y reste.

Très travailleuse, elle aime tout ce qui concerne la

terre. Pourtant, son emploi consiste à confectionner les hosties. Lorsqu'il n'y a pas de commande ou lorsqu'elle a terminé le travail dont elle est responsable, elle sert de « bouche-trou » au jardin, à la buanderie ou au grenier. C'est également elle qui fait les socques qui tiennent lieu de chaussures. Elle participe à tous les travaux communautaires : c'est elle qui entretient le feu sous la lessiveuse pendant la grande lessive et qui veille à la chaleur du fer au moment du repassage. Ce sont deux activités extrêmement pénibles.

Sœur Marie-de-la-Providence aime la vie de communauté et est aimée des sœurs parce que très serviable.

Elle ne lit jamais ; elle passe tout son temps à travailler en récitant le rosaire. Souvent elle s'attarde à la tâche et arrive en retard aux offices, la guimpe froissée et le voile de travers. Notre mère la regarde alors mais ne dit jamais rien. Lorsqu'elle doit lire un texte, elle a du mal à trouver la page et se trompe tout le temps. Elle fait toujours la même coulpe : « J'ai mal rangé les outils du bien commun. »

Sœur Marie-de-la-Providence a de beaux yeux bleus, et tout son être respire l'énergie et la douceur. Le fait de ne jamais se laver — même pas les pieds au retour du jardin — ne paraît pas l'incommoder. L'habitude qu'elle a prise d'ôter ses chaussures fait que ses pieds sont « protégés » par une corne noire très épaisse. Comme presque toutes les sœurs, les maux l'accablent : elle souffre des vertèbres et de l'estomac. Elle vomit souvent en cachette. Mais cela ne l'empêche pas de travailler vaillamment.

Mars

En mars, sœur Marie-de-la-Providence m'apprit à confectionner les hosties — ou pain d'autel — dont la vente constituait l'une des sources de revenus du couvent. La cuisson du pain d'autel se déroulait une fois par mois et durait une journée entière, de 6 h 30 à 20 h 30. La sœur préparait la veille les brocs d'eau et la farine. Le lendemain — avant l'aube — elle cuisait la pâte qui venait d'être confectionnée dans une machine spéciale, où un moulin mixait la farine et l'eau. La pâte, ni trop épaisse ni trop fluide, était recueillie dans une bassine. Sœur Marie-de-la-Providence faisait ensuite chauffer des plaques, longues de quarante à soixante centimètres ; elle étendait une louche de pâte par plaque, rabattait ensuite une autre plaque sur la première, puis décollait le pain cuit, qui était déposé sur une table.

La confection du pain d'autel était l'emploi de sœur Marie-de-la-Providence. En cas de nécessité (commande urgente, par exemple), elle était aidée par sœur Marie et sœur Marie-Véronique-de-la-Croix.

On me confia la découpe. C'était très simple : il fallait superposer douze plaques de pain et les mettre sous les tranchants ronds d'une machine. Les hosties terminées retombaient dans un tiroir. Sœur Marie-de-la-Providence m'apprit à choisir les plaques de pain : il les fallait ni trop croquantes ni trop molles, car, trop croquantes, elles se brisaient et, trop molles, elles ne se laissaient pas découper correctement. L'opération se terminait par un tri destiné à séparer les déchets des hosties. Comme, par pauvreté, il ne fallait rien gaspiller, les chutes — ou déchets — étaient servies une ou deux fois par mois au petit déjeuner.

Les boîtes où les hosties étaient tombées en vrac étaient apportées dans la salle communautaire. Là, sœur Marie-du-Sacré-Cœur, une sœur âgée, les disposait dans d'autres boîtes conçues à cet effet après les avoir essuyées une par une. Elle mettait à part les hosties abîmées ou légèrement brisées qui allaient rejoindre les chutes que nous mangerions au petit déjeuner.

J'appris que le pain d'autel se vendait détaillé par tranches de cent. Les grandes hosties (celles que le prêtre propose à l'adoration des fidèles au moment de l'élévation) étaient découpées à l'aide d'une machine manuelle à un seul tranchant. Sœur

Marie-de-la-Providence s'en occupait seule ; je crois qu'elle avait plaisir à exécuter cette tâche.

Je m'entendais bien avec cette sœur et elle était heureuse de mon aide.

Comme il fallait économiser l'électricité et qu'on ne pouvait se permettre de laisser les plaques chauffantes refroidir, sœur Marie-de-la-Providence n'assistait pas aux offices les jours de cuisson. De plus, comme sa blouse était maculée de longues traînées blanches, elle ne pouvait se présenter dans cet état au réfectoire et devait prendre son petit déjeuner seule. Marie et moi allions alors la remplacer. Lorsque sœur Marie-de-la-Providence revenait, elle reprenait son ouvrage. Je mangeais beaucoup de pain d'autel pendant que je triais, et elle avait peur que cela ne me rendît malade. Je restais aux plaques jusqu'à 11 heures, puis je partais me doucher et me changer pour l'oraison et pour l'office de 11 h 30. Sœur Marie-de-la-Providence travaillait jusqu'à 13 heures, puis déjeunait en vitesse avant de reprendre le travail.

Ces jours-là, les repas étaient tout trouvés. En effet, au moment de la cuisson, il fallait enlever à l'aide d'une spatule en bois la pâte qui débordait des plaques. Nous recueillions cette bouillie épaisse et molle dans une bassine que les sœurs cuisinières venaient chercher à 11 heures. Elles la faisaient cuire telle quelle dans une friteuse et nous la servaient comme plat de résistance à midi.

Ces espèces de frites n'étaient pas trop mauvaises, mais malheureusement extrêmement difficiles à digérer. Beaucoup de sœurs ne les supportaient pas et devaient alors absorber des médicaments pour le foie.

Pour le repas du soir, sœur Marie-de-la-Providence distribuait à chacune des plaques de pain brisées ou trop cuites que nous trempions dans un bol de chocolat. Lorsqu'il y avait beaucoup de chutes et trop de plaques invendables, nous faisions le même repas le lendemain. Le surlendemain, les cuisinières avaient ordre de transformer les restes en un gâteau très huileux que certaines sœurs n'arrivaient pas à avaler. Mais d'autres, plus courageuses, reprenaient les parts délaissées. Chez les clarisses, la farine de froment ne doit en aucun cas être jetée.

La mère m'avait également proposé de participer au ménage du chœur. Je ne le fis que trois fois, c'est-à-dire pendant une semaine. Je devais remplacer sœur Marie-du-Sacré-Cœur, usée, et aider sœur Saint-Jean-Baptiste. Elle dépoussiérait les stalles et je maniais l'aspirateur. Je ne réussis pas à lui faire comprendre qu'il eût été plus efficace de passer le chiffon avant que je ne passe l'aspirateur. Je lui en fis plusieurs fois la suggestion, de façon un peu brusque, je l'avoue. Elle ne dit rien, mais la mère ne tarda pas à m'appeler dans son bureau pour me dire, d'abord, que ma présence au chœur pour le ménage n'était plus souhaitable et, ensuite, que je devais mesurer mes paroles, mes remarques ayant blessé sœur Saint-Jean-Baptiste.

Je ne répondis rien ; je savais que j'étais allée trop loin, et je le regrettais.

Le grand ménage de printemps eut lieu les jours précédant la semaine sainte. Il se déroula de la même façon que le grand ménage d'automne, mais, comme la température était plus douce, on put nettoyer plus à fond les planchers et faire ainsi une chasse efficace aux puces qui y logeaient en très grand nombre. Il fut également possible d'étendre les couvertures quelques heures dans le jardin. Les plus jeunes sœurs s'occupèrent des cellules des sœurs âgées. Je nettoyai celle de mère Anne. Les offices étaient décalés et le temps libre supprimé. J'eus du plaisir à aider les sœurs à nettoyer une grande partie du monastère. Elles s'organisaient bien, sans perte de temps, et chacune participait selon ses forces. Sœur Marie-Véronique-de-la-Croix se vantait d'être de beaucoup la plus forte et de pouvoir exécuter les travaux les plus pénibles en un temps record ; sans modestie aucune, elle se demandait à haute voix comment la communauté pourrait se passer d'elle pour les tâches difficiles.

Les sœurs qui avaient l'usage exclusif d'une pièce en assuraient seules le ménage : sœur Marie-de-la-Providence pour le local de fabrication des hosties, sœur Saint-François pour la dépense, les deux cuisinières pour la cuisine, etc. Les pièces dépoussiérées, les planchers javellisés, les stalles cirées, le monastère sentait bon le propre. Mais les sœurs traînaient derrière elles une insupportable odeur de transpiration.

Le mardi de la semaine sainte fut jour de lessive. Les sœurs s'étaient toutes changées (pas forcément lavées) et les draps, chemises et serviettes passèrent à la lessiveuse. Tout ce linge était si constellé de crottes de puces que c'en était écœurant. Les sœurs revêtiraient l'habit d'été le dimanche de Pâques et remettraient l'habit d'hiver à sœur Catherine.

Le jour des Rameaux, des branches de laurier ou de houx, bénies, étaient disposées dans la cour, où chaque sœur venait choisir le rameau qui ornerait le crucifix de sa cellule. Les sœurs déposaient à part celui de l'année précédente. Lorsqu'elles avaient toutes procédé à l'échange, j'allais ramasser les rameaux que je portais dans la pièce du noviciat où ils seraient brûlés. Pour cela, il fallait qu'ils fussent extrêmement secs. Je les étalais donc aux endroits les plus ensoleillés de la pièce. Les jours de grand beau temps, je les déplaçais souvent afin qu'ils fussent toujours bien exposés.

Le ménage du noviciat n'était pas chose simple, lorsque s'y trouvaient les rameaux : je devais veiller à ne ramasser dans la pelle aucune feuille. Comme les rameaux étaient bénis, il n'était pas question qu'ils finissent à la poubelle. D'ailleurs, mère Anne me surveillait de près.

Lorsque les rameaux étaient tout à fait secs — à la fin de l'été —, mère Anne les brûlait dans la cheminée du noviciat, qui n'était allumée qu'à cette seule occasion. A la cuillère, elle ramassait la cendre qu'elle filtrait immédiatement au moyen d'une passoire. La cendre tombait alors dans une grande boîte. Une fois l'opération terminée, elle répartissait la cendre dans de petites boîtes qui seraient données à des prêtres. Cette cendre servirait à la liturgie du mercredi des Cendres.

Sœur Marie-Véronique-de-la-Croix,
trente-six ans, infirmière de la communauté

Quatrième enfant d'une famille de six filles. Milieu très traditionaliste. Son père est pompier, sa mère reste au foyer et apprend à ses filles à devenir de petites ménagères accomplies. La journée est rythmée par les différentes prières : le rosaire pendant la vaisselle, les bénédicités avant et après les repas.

A treize ans, elle connaît bien les prêtres et les religieuses enseignantes ; à quatorze ans, elle découvre sainte Thérèse de l'Enfant-Jésus et décide de devenir contemplative, et, pourquoi pas, sainte comme elle. Elle passe le certificat d'études puis obtient un C.A.P. de couturière. Lorsqu'elle a seize ans, son père meurt en service. La vie de la maison est bouleversée, la mère doit se mettre à travailler, les trois aînées se marient tandis que Marie-Véronique trouve une place de serveuse dans un café-restaurant. La vie sociale l'intéresse, mais elle continue à être très pieuse. Elle s'inscrit à la J.O.C., dont elle devient bientôt secrétaire de groupe. Cela lui donne beaucoup d'assurance et d'importance. Un moine franciscain lui parle de la communauté de A. Sa mère ne fait pas d'objection au choix qui se dessine : dans la famille, devenir prêtre ou religieuse constitue plutôt une promotion. Marie-Véronique ne veut pas attendre sa majorité. Sainte Thérèse n'est-elle pas entrée au Carmel bien plus jeune qu'elle ?

Elle devient donc clarisse à dix-huit ans. Elle n'est pas seule au noviciat, sœur Marie et sœur Saint-François sont entrées peu auparavant. Marie-Véronique supporte mal leur présence : elle leur est supérieure, elle a fait tellement plus de choses qu'elles ! Aussi se montre-t-elle désagréable ; elle les prend de vitesse dans tous les travaux, les accable de remarques. En plus, les deux autres jeunes femmes sont plutôt jolies, alors qu'elle se sait laide. Malgré leurs efforts, ses compagnes n'arrivent pas à l'aimer, et rien ne va plus au noviciat, où l'atmosphère devient si tendue que l'abbesse doit prendre une décision : faut-il renvoyer la postulante ? la diriger vers un autre monastère ? Finalement, les clarisses de R. acceptent de l'accueillir, le temps de la former au métier d'aide-soignante (il n'y en avait pas à A.). Elle part donc à R. mais revient à A. pour sa prise d'habit, puis repart à R. Elle reviendra définitivement à A. pour prononcer ses vœux perpétuels.

Marie-Véronique est donc l' « infirmière » de la communauté : elle soigne les sœurs malades et âgées, entretient les pièces de l'infirmerie, fait le tri des dons de médicaments, s'occupe de la mutuelle Saint-Martin. Toutes ces tâches sont accomplies sous l'œil vigilant de l'abbesse, qui s'arroge le droit de choisir seule les médicaments à administrer aux sœurs.

Marie-Véronique participe à tous les travaux communautaires ; elle fait tout vite, deux fois plus vite que les autres ; elle brode aussi très bien et réalise toutes les commandes de l'extérieur. Lorsqu'elle a fini un travail, elle a l'habitude de l'exposer dans la salle communautaire et ce geste a le don d'agacer les autres sœurs, qui se consolent en pensant que, malgré son comportement et son efficacité, elle n'est pas appréciée de la mère. (En effet, les coulpes de l'abbesse concernent très souvent Marie-Véronique : j'ai manqué de patience envers ma *sœur...)*

Marie-Véronique supporte mal la nourriture qu'on lui sert ; le végétarisme ne lui convient pas, et régulièrement elle réclame de la viande sous prétexte qu'elle travaille plus que les autres. Notre mère ne lui accorde jamais la moindre faveur. Elle est cependant la seule à boire du vin (avec sœur Marie-de-la-Providence ; mais pour celle-ci la chose est exceptionnelle et réservée au jour de fabrication des hosties).

Au moment de ses règles, elle est obligée de rester couchée, tant elle souffre. La mère estime inutile de consulter un gynécologue, tout comme elle tarde énormément à l'autoriser à passer des radios pour ses genoux, qui lui font si mal qu'elle monte les escaliers avec difficulté et ne peut plus jardiner. Les radios enfin faites, l'opération des ménisques s'imposera. Mais la mère aura attendu près de cinq ans dans l'indifférence.

Marie-Véronique est forte et musculeuse : moins d'un mètre soixante et plus de quatre-vingts kilos. Elle a un aspect plus viril que féminin, un système pileux très développé et d'étonnants yeux de chat. Ses lèvres minces disparaissent entre ses joues rebondies, et, quand elle est contrariée ou lorsque le repas lui déplaît, elle a toujours le même tic : mettre la bouche en cul de poule.

Elle ne lit que ce qui concerne le Saint-Père, le reste ne l'intéressant pas. Son plus cher souhait est de parvenir à la sainteté par la souffrance.

La semaine sainte

Ainsi que la règle l'exigeait, la semaine sainte s'écoula dans le silence. Suppression des récréations, petites privations et, surtout, silence à chaque instant du jour. C'était une chose étonnante que ce monastère si totalement silencieux et pourtant si intensément habité.

Le Jeudi saint, sœur Saint-Jean-Baptiste et sœur Marie-du-Sacré-Cœur préparèrent la salle du chapitre pour la célébration de la Cène. Nous nous y rendîmes après none, deux par deux, dans un ordre bien établi et les plus jeunes devant.

Arrivées dans la salle, nous nous mîmes face à face, sur deux rangées. Alors, notre mère lut le passage d'Évangile concernant la Cène du Jeudi saint. Puis elle baisa les pieds de chacune d'entre nous pendant que nous chantions des cantiques. Elle s'approcha ensuite de sœur Saint-François — la plus jeune professe —, s'agenouilla devant elle, et lui lava les pieds.

Survint ensuite un événement que jamais je n'oublierai. En effet, de retour dans la salle communautaire, sœur Saint-François, le plus naturellement du monde, demanda à quelle heure il fallait agiter la crécelle*, pour la « flagellation ». La réponse de notre mère fut tout aussi naturelle : « A 5 h 30... » Mon émotion fut si grande que, sur le moment, je me trouvai muette. Atterrée, je la regardai, incapable de retenir mes larmes, et ce ne fut que plus tard, au noviciat avec mère Anne, que j'explosai : avais-je bien entendu ? Malgré les conseils de modération du Concile, cette pratique cruelle et inutile avait donc encore cours ? Comment pouvait-on, de nos jours, exercer de telles pratiques sur son corps ? Mère Anne me laissa parler, me priant seulement de m'asseoir, mon agitation lui donnant mal à la tête. Je m'arrêtai, essayant de retrouver mon calme. Toutefois je hasardai quelques questions supplémentaires : toutes les sœurs se flagellaient-elles ? même les très vieilles, même les malades ?

Ces questions restèrent sans réponse, car, à cet instant, notre mère fit irruption.

A mon grand étonnement, elle avait le sourire aux lèvres et ce fut presque gentiment qu'elle me demanda de l'accompagner dans son bureau.

Lorsque nous nous retrouvâmes seules, je lui

* Moulinet de bois qui remplace la cloche.

répétai ce que je venais de dire à mère Anne. L'abbesse rétorqua que je ne pouvais imaginer les « délices » que les sœurs et elle-même éprouvaient en ces jours de carême, car, par ces pratiques, elles s'appliquaient à racheter par la souffrance l'humanité pécheresse, tout comme avait fait Jésus par la Croix.

Loin de me convaincre, cette explication suscita un renouveau de colère, car, si je comprenais le jeûne, je ne pouvais en aucune manière accepter la flagellation. N'était-ce pas rechercher le plaisir dans la torture ? Je trouvais cela extrêmement malsain. Notre mère mit du temps avant de me répondre. Sans doute ne s'était-elle jamais posé le problème sous cet aspect. Elle me promit d'y réfléchir, mais ajouta qu'elle constatait combien ma génération « d'après Concile » était douillette. Elle répéta que la souffrance était nécessaire, que c'était un fait prouvé par toute son expérience. Quant à moi, j'étais d'accord pour l'acceptation de la souffrance morale, ou de la souffrance dans la maladie, mais jamais, jamais, je ne la rechercherais.

Le Vendredi saint, comme convenu, la crécelle fut agitée à 5 heures et demie. Je restai au fond de mon lit, harcelée par l'image des sœurs, chacune munie de son fouet. Je me levai bientôt pour me rendre à la chapelle et prier. Je pris alors la ferme résolution que jamais, quelles que soient les pressions que l'on pourrait exercer sur moi, je n'accepterais de me livrer à ces pratiques. Allongée la face contre terre dans le chœur, j'implorai Dieu : demandait-Il vraiment cela ?

Après le petit déjeuner, je restai seule au noviciat pour méditer sur l'Évangile de la Passion.

Le repas de midi fut très frugal : pommes de terre à l'eau. J'allai ensuite seule réciter la prière de Jésus dans le jardin, jusqu'au moment du chemin de croix que je vécus très intensément.

L'après-midi, jusqu'aux vêpres, fut consacré à la répétition des cantiques. Au repas du soir — pain sec et eau —, je constatai que si le jeûne était très sévère au niveau de la qualité, il ne l'était pas au niveau de la quantité : le pain était servi à volonté et les sœurs en mangèrent une telle quantité qu'elles ne devaient plus avoir très faim en sortant de table.

Je passai le Samedi saint au noviciat.

Mère Anne et l'abbesse firent, au bureau, le compte de tous les dons reçus pour Pâques. Dons en nature et en espèces. Beaucoup de gâteaux, d'œufs en chocolat, de bonbons à la liqueur, de pâtes de fruits et d'amandes ; et aussi des bouteilles de vin et de champagne (réservées, celles-ci, aux prêtres de passage ou au confesseur).

En début d'après-midi, Marie vint me rejoindre

pour me faire répéter, en latin, le Pater et le Gloria de la messe de Pâques. Nous parlions un peu entre les chants, mais je ne voulus pas lui avouer immédiatement mon désarroi. Je préférai laisser la tempête se calmer en moi.

Après le repas du soir — bouillon de légumes et trois pruneaux au sirop —, nous commençâmes, l'estomac léger et la voix claire, la veillée pascale. Elle fut belle et fervente. Je sentis mon cœur se dilater à l'écoute de la Genèse.

Le lendemain matin — jour de Pâques —, la liturgie fut tout aussi belle que celle de la veille. Je retrouvai la sérénité, j'évitai de penser à la flagellation, je ne voulais plus songer qu'à la vie qui renaissait.

Après la messe, tandis que les sœurs suivaient la bénédiction papale à la télévision, j'allai faire du courrier dans ma cellule. Le déjeuner fut copieux : gigot de mouton, haricots verts, gâteaux au beurre en forme de nids, le tout offert par un agriculteur des environs. Notre mère avait disposé quelques œufs en chocolat et à la liqueur devant chaque assiette. Pendant la récréation, elle distribua les lettres gardées depuis le début du carême. La conversation s'orienta vite sur la veillée, l'homélie du prêtre et le discours du pape à la télévision. Je m'ennuyais un peu, mais restai souriante.

Après none, je décidai de rester au chœur jusqu'au soir, pour méditer, prier et réfléchir. J'avais besoin de faire le point.

Petit à petit, je pris conscience que si je ne changeais pas de comportement, je ne tarderais pas à être rejetée par la communauté. Mais devais-je jouer un personnage, faire semblant d'être d'accord avec tout ce que je ne pouvais admettre ?

Je me sentis subitement seule, déprimée et malheureuse.

Le premier dimanche après Pâques, Marie, ainsi qu'elle en avait pris l'habitude, me rejoignit dans le jardin. Tout naturellement, nous parlâmes de la semaine sainte, et je lui expliquai que je l'avais mal vécue et que je trouvais insupportable la pratique de la flagellation. Elle me répondit alors cette chose étonnante : la « discipline* » est un mal nécessaire pour pouvoir ressentir ce qu'a souffert Jésus. Ainsi, elle, mon amie, appréciait cette pratique... Je lui demandai alors jusqu'où elle poussait la chose. Elle ne répondit rien. Je lui répétai combien cette pratique était malsaine, ambiguë, ajoutant qu'il me paraissait plus facile de se livrer à la flagellation que de vivre l'exigence d'amour de l'Évangile. Marie secoua la tête, me lança un

* Instrument de pénitence.

regard lourd de reproche et finit par me dire qu'il faudrait bien que je m'adapte, que j'accepte, que j'accorde moins d'importance à mon corps. Elle en profita pour ajouter qu'elle trouvait superflues mes douches régulières, mon besoin de changer de vêtements et ma délicatesse quant à l'alimentation.

Je ne pouvais me justifier, car c'était vrai : je changeais de slip chaque jour et de tee-shirt plusieurs fois par semaine ; et je me douchais souvent, journellement même lorsque j'avais travaillé au jardin. Il était vrai aussi que je ne méprisais pas mon corps. Je lui demandais de m'être fidèle dans la chasteté et le travail, mais je ne le méprisais pas. Tout cela ne m'empêchait nullement de vivre sincèrement l'Évangile. D'ailleurs, avait-elle des reproches à me faire dans les autres domaines, la charité par exemple ? N'étais-je pas toujours prête à aider n'importe quelle sœur à n'importe quel moment de la journée ? Ne savais-je pas respecter le silence, lui semblais-je peu fervente ?

Tout cela, Marie l'admettait, mais ce n'était pas suffisant à ses yeux, et elle m'expliqua qu'il fallait que je m'anéantisse pour me laisser posséder totalement par Dieu.

Elle me quitta vite pour écrire à sa famille, me laissant très malheureuse. Je l'aimais tant et j'avais tellement besoin qu'elle me comprenne !

Je passais toutes mes heures de travail au jardin à désherber les parterres et les carreaux. Pendant le temps libre, je restais dans ma cellule, laissant le plus souvent mère Anne seule au noviciat. Lorsqu'il m'arrivait de la rencontrer, elle n'osait pas engager la conversation parce qu'elle connaissait très bien les raisons de mon abandon du noviciat. Si nous échangions quelques paroles, c'était pour évoquer le travail du jardin. Je lui disais ce que j'y avais fait, elle me répondait invariablement : « Ne te fatigue pas trop », ce à quoi je répliquais que, si je me fatiguais, c'était volontairement, pour oublier ma peine et pouvoir dormir sans problèmes jusqu'au matin. Elle se contentait alors de soupirer et reprenait son ouvrage. Elle me conseilla toutefois de lire le curé d'Ars. Mais je connaissais bien sa vie, j'avais déjà lu l'exemplaire qui se trouvait dans la bibliothèque du noviciat. Je finis par lui poser la question qu'elle redoutait certainement : « A quel endroit vous flagellez-vous ? » « Sur les jambes », me répondit-elle.

Mon état dépressif durait depuis près d'un mois quand je décidai fermement de lutter pour reprendre le dessus. A nouveau, j'allai aider Marie-de-la-Providence à la découpe des hosties et sœur Saint-

François au tri des fruits et à l'épluchage des légumes. Je me remis à peindre des cartes de vœux et à confectionner des napperons que la mère offrirait aux donateurs et aux amis du monastère. J'établis également, avec Marie, un carnet de chants. C'était très long à réaliser, en vingt exemplaires, mais cela me fit plaisir.

Un jour d'avril, notre mère vint me chercher. Une fois dans le bureau, elle me dit qu'elle avait longuement réfléchi et que la « discipline » allait être supprimée dans le monastère. Je lui répondis que c'était une très bonne chose, mais pas la seule qu'il faudrait changer.

J'étais effectivement très heureuse, très soulagée ; toutefois, je restais tourmentée par la conversation que j'avais eue avec Marie, concernant ce qu'elle appelait mon « confort », et je décidai de négliger un peu ce qui pouvait être considéré comme mon bien-être : je me changerais moins souvent, je porterais une blouse au jardin afin d'économiser mon jean, je ne me doucherais qu'une seule fois par semaine.

Je me tins à cette décision jusqu'à ma prise d'habit.

Sœur Cécile, soixante-seize ans,
cuisinière et jardinière

Parents paysans et pauvres, deux enfants, un garçon et une fille. A lui les études — il deviendra docteur en théologie —, à elle l'apprentissage de la couture. Elle ne passe même pas le certificat d'études, ses parents ayant toujours besoin de quelqu'un pour garder les vaches. Elle prie dans les champs en surveillant le troupeau.

Lorsqu'elle arrive au monastère de A., à vingt ans, elle sait à peine lire et écrire, et devient tout naturellement sœur converse (sœur qui dans un monastère n'était pas tenue à l'office et se consacrait aux travaux manuels. A la place des huit offices, elle récitait cent Notre Père ; cette distinction n'existe plus depuis le Concile Vatican II). Cécile passe son postulat et son noviciat à confectionner des paillasses et à bêcher le jardin pendant que ses compagnes apprennent un peu de latin. Elle raconte volontiers son plus mauvais souvenir. Jeune professe, elle avait cassé un bol au réfectoire. Pour la punir, l'abbesse lui avait confectionné un collier avec les morceaux cassés et, ce collier autour du cou, elle avait dû s'avancer devant chaque sœur pour lui demander pardon du non-respect du bien commun. Cette punition avait duré tout le repas, et, bien entendu, ce jour-là, elle jeûna. Sœur Cécile ajoute toujours que ces pratiques n'ont plus cours.

Elle aime extérioriser son affection pour les sœurs, les consolant dans leurs moments de détresse, les exhortant à ne jamais désespérer, leur rappelant que Dieu est présent même dans la nuit de la foi. Elle envoie des baisers avec la main en disant : « Mille baisers pour vous, petites sœurs. »

Sœur Cécile aime beaucoup chanter et est très heureuse d'aller à l'office. Dès que la cloche sonne, elle court à la chapelle. Pendant les récréations, elle écoute avec attention celle qui parle. Elle semble aimer toutes ses sœurs au même degré.

Elle ne veut rien savoir de l'extérieur et désirerait que les murs du jardin fussent encore plus hauts. Elle avoue craindre les voleurs et s'assure toujours que les portes sont bien verrouillées le soir. Pendant le temps libre, lorsqu'il fait beau, elle installe une chaise devant la porte de la cuisine. Elle lit alors avec difficulté et application.

Son frère, enseignant dans un grand collège à Jérusalem, vient lui rendre visite une fois par an. Comme elle, il est très aimable et très doux, d'une foi sereine. Sœur Cécile souffre de mille maux : névral-

gies, rhumatismes, boitillement (jambe cassée au jardin et mal ressoudée parce que mal soignée). Elle est très abîmée par les travaux effectués humblement depuis si longtemps. Il ne lui reste que très peu de dents, en bien mauvais état. Elle souffre de l'estomac et, de ce fait, se voit imposer par l'abbesse des tas de médicaments. Parfois, elle est obligée de rester couchée l'après-midi, tant elle a mal et tant elle vomit. Jamais sale, elle travaille en vieille blouse.

La souffrance comme la joie la trouvent toujours sereine. Son espoir quant à la bonté de Dieu pour les hommes est infini.

Les beaux jours arrivèrent...

Les beaux jours arrivèrent.

Les sœurs ressortaient au jardin et restaient en admiration devant l'éclatement des bourgeons et l'épanouissement des fleurs. C'est là qu'elles passaient tout leur temps libre, marchant, puis s'arrêtant devant chaque plante.

Chose surprenante, je ne supportais plus très bien la chaleur. Était-ce parce que j'avais continuellement mal au foie ? Je mangeais très peu, les repas étant invariablement composés de féculents fort indigestes (haricots, lentilles, soupe au chou). Je prenais des pommes de terre à l'eau midi et soir, puisqu'on en servait trois cent soixante-cinq jours par an. A 4 heures, j'allais au réfectoire couper une grosse tranche de pain sec, et cela malgré mère Anne qui n'était pas d'accord. Elle ne voulait pas que je me serve seule. Les sœurs qui me voyaient faire acceptaient cette entorse à la règle sans aucune remarque.

Je fuyais la chaleur et demeurais, comme l'exigeait mon état de postulante, au noviciat avec mère Anne. Je lisais pendant qu'elle raccommodait les pulls que les sœurs venaient de quitter. Elle refaisait les poignets usés et renforçait les dessous de bras. De temps à autre, je lui lisais un passage et proposais une discussion. Je continuais aussi à recopier des chants pour les sœurs. Parfois, je posais à mère Anne des questions sur le monastère et sur nos compagnes, et je commençais à savoir beaucoup de choses sur le passé de chacune d'elles. Elle me parlait aussi des bienfaiteurs, les désignant par leur nom, énumérant les dons qu'ils faisaient au monastère. Toutefois, elle ne m'indiquait que les dons en nature, les autres restant secrets. Lorsqu'elle mentionnait l'une ou l'autre sœur, je donnais parfois mon avis : ainsi, je trouvais inadmissible que sœur Saint-Jean-Baptiste ne puisse s'empêcher de couper la parole aux autres, je trouvais anormal le fait que l'abbesse ne consente pas à envoyer Marie-Véronique-de-la-Croix — qui souffrait le martyre au moment de ses règles — chez un gynécologue ; et encore : pourquoi sœur Saint-François s'esquivait-elle systématiquement au moment de la lessive ou des travaux communautaires ? Et pourquoi Dominique restait-elle des jours entiers dans sa cellule ? Et surtout, pourquoi notre abbesse ne réussissait-elle pas à dissimuler sa gourmandise, car la plus belle part de gâteau, la plus grosse barre de chocolat étaient toujours pour elle ?

Parfois, je regrettais ces questions qui n'étaient pas toujours charitables, mais je voulais savoir le plus de choses possible sur ce monde qui restait encore mystérieux à bien des égards.

Le plus souvent, mère Anne répondait, mais lorsque mes questions concernaient l'abbesse, elle m'opposait un mutisme absolu.

Les sœurs, elles, pendant la récréation du dimanche, évoquaient ma prise d'habit. Elles paraissaient toutes très heureuses de voir bientôt un voile blanc* sur ma tête.

A mesure que le moment approchait, je prenais davantage conscience de mon choix. Plus je réfléchissais, plus j'étais sûre de vouloir devenir religieuse. J'aimais prier, et les heures passées à la chapelle me remplissaient de joie. Je ne m'autorisais aucun laisser-aller, donnant de l'importance à chacun de mes gestes. Imperceptiblement, mon attitude envers mes sœurs se modifia : je leur parlais moins, ignorant ce qu'elles faisaient et ne désirant pas le savoir. Ce comportement était en accord avec le désir de mes supérieures, qui trouvaient que je progressais en sagesse. Dans cette optique, j'avais même renoncé à mes entretiens

* Les novices portent un voile blanc, les professes un voile noir.

avec Marie. J'avais décidé que mère Anne devait me suffire, qu'il ne fallait pas que je me disperse. C'est pourquoi je participais toujours à la cuisson et à la découpe du pain d'autel, à la lessive et au repassage, mais je n'aidais plus les sœurs individuellement. L'abbesse estimait que si je consentais à renoncer tout à fait à mon « bien-être » et à changer de style vestimentaire (mais l'habit monacal s'en chargerait), je serais une religieuse accomplie.

Je lisais beaucoup, mais les vies des saints ne me satisfaisaient pas, et j'espérais toujours réussir à obtenir les cours d'initiation à la théologie que je réclamais depuis tant de mois. Heureusement, il y avait la Bible. Parfois, mère Anne et moi en commentions un passage. Nous n'étions pas toujours d'accord, et la conversation pouvait durer des demi-journées entières. Nous nous enflammions alors, chacune essayant de convaincre l'autre. C'étaient là des moments privilégiés.

En revanche, j'avais eu la permission d'assister à la récréation quotidienne d'une demi-heure. Ma place désignée était à côté de Marie-Véronique-de-la-Croix. Chacune de nous accomplissait un travail manuel : raccommodage des effets personnels (culottes, chaussettes, etc.) ou broderie. Marie-Véronique-de-la-Croix brodait et me faisait constamment admirer l'évolution de son ouvrage. Je supportais aussi mal son manque d'humilité que sa forte odeur de transpiration. De plus, elle toussait sans cesse et faisait de grands gestes désordonnés. Une autre sœur — Dominique — m'indisposait davantage encore pendant ces récréations. Comme par plaisir, elle multipliait les remarques sur mon compte : ainsi, une fois novice, je regretterais mon jean... Il faudrait aussi que je modère mon affection pour Marie... Je méritais des fessées pour refuser de manger les dons des commerçants comme les yaourts ou les fruits trop abîmés...

Ses réflexions étaient accueillies par de grands « Oh ! » de la part des sœurs. Mais elles n'osaient pas la contrarier, car toutes redoutaient ses réactions brusques. Seule mère Anne lui répondait, affirmant qu'avant mes vœux définitifs j'aurais bien le temps de changer. Cela mettait en général un terme à la discussion, car Dominique craignait mère Anne. Celle-ci me rappelait de ne pas prêter attention aux propos malveillants de Dominique, qui était jalouse de la liberté dont je jouissais en tant que nouvelle venue.

Lorsque la mère proposait la lecture d'un article de journal, les sœurs voulaient toujours que ce soit moi qui le lise. Docilement je me levais, et, debout entre les mères, je lisais. Toutes me complimentaient sur ma bonne tenue et ma résistance physique, ajoutant que l'habit m'irait bien, puisque j'étais mince et assez grande. Je pouvais comprendre leur joie : elles n'avaient plus vu de voile blanc dans la communauté depuis dix-huit ans.

C'est à cette période que je me mis à beaucoup maigrir. L'abbesse, qui l'avait remarqué, m'avait donné trois boîtes d'ampoules de vitamines. Elles restèrent sans effet.

Sœur Marie-de-l'Assomption, cinquante-cinq ans, cuisinière et jardinière

Née dans une famille paysanne très pauvre et très pieuse. L'annonce de son choix de vie rend ses parents très heureux.

Elle est effacée, parle peu, ne manifeste jamais aucune émotion, ni joie ni tristesse. Elle semble ne s'intéresser à rien d'extérieur. Jamais elle ne lit ni ne participe à aucune conversation. Elle se contente d'écouter sans intervenir. Son emploi de cuisinière et de jardinière occupe tout son temps et ne lui permet pas de participer aux travaux communautaires.

Son foie est tellement délabré qu'elle ne peut se nourrir que de légumes cuits à l'eau et de pain ; elle est d'une extrême maigreur, pesant à peine quarante kilos.

Elle protège son habit d'une vieille blouse noire et est une des rares sœurs à connaître le chemin de la douche. Au retour du jardin, elle se lave les pieds, ce qui n'est pas si fréquent parmi les autres sœurs.

Elle est laide, très ridée et son dentier est si mal adapté qu'il lui blesse la bouche.

Début juillet...

Début juillet, j'eus chaque jour un entretien avec notre mère. Nous préparions ma prise d'habit et parlions de mon désir de vie monastique.

Puis vint l'après-midi où elle réunit toute la communauté dans la salle du chapitre pour voter mon intégration en tant que novice. Pendant ce temps, j'étais allée prier au chœur. Je n'étais pas inquiète, car je savais que les sœurs désiraient que je continue à vivre avec elles. Au bout d'une demi-heure, notre mère vint me chercher pour m'introduire dans la pièce. Là, elle m'embrassa et me fit part du résultat du vote : oui à l'unanimité.

La cérémonie de prise d'habit fut fixée, comme souvent chez les clarisses, au 12 août, jour de la fête de sainte Claire. Une veillée aurait lieu le vendredi soir et mon père spirituel célébrerait la messe.

J'écrivis à mes parents et au père Marc pour leur communiquer la date. Le père Marc, bénédictin d'une abbaye éloignée de deux cents kilomètres environ, me répondit qu'il était libre et qu'il serait heureux d'accomplir ce début de chemin avec moi.

Sœur Catherine commença mon habit. J'avais deux ou trois fois par semaine un essayage auquel assistait mère Anne. Sœur Catherine devait me confectionner deux habits : l'un en Tergal pour l'été, l'autre en Tergal de laine pour l'hiver. Ces séances se tenaient à la lingerie, lieu de travail de sœur Catherine. Lorsqu'elle prit mes mensurations, je fus surprise par sa façon de procéder : tout en prenant mon tour de taille, de poitrine et de hanches, elle se débrouillait pour me caresser. Cela m'étonna et me troubla. Dès mon retour au noviciat, j'en fis part à mère Anne qui me répondit que sœur Catherine agissait de même avec toutes les sœurs. Elle ajouta que ces gestes étaient naturels et innocents. Je n'en étais pas sûre, mais mère Anne ne voulut pas continuer la conversation. Elle se mit à rire et me proposa de recopier des chants ou de commenter un passage de l'Évangile.

Lors des essayages suivants, la chose se répéta. J'en parlai à nouveau à mère Anne, qui rejeta sèchement l'hypothèse que sœur Catherine puisse avoir des tendances homosexuelles. Elle me conseilla d'essayer de comprendre cette sœur qui ne vivait pas en communauté et manifestait son affection à sa façon. Nous ne parlâmes plus de sœur Catherine.

Marie aussi avait pris mes mensurations : de la tête pour me faire deux bonnets à porter sous le voile, du cou pour confectionner trois faux cols blancs. Elle ferait trois voiles blancs. Marie-Véronique cousit mes trois jupons légers. Ils étaient serrés à la taille par un élastique et descendaient presque jusqu'à la cheville. Enfin, notre mère me demanda de choisir une corde.

A part les moments d'essayage, je ne quittais guère le noviciat. Je n'allais plus au jardin, je préférais rester dans ma cellule. Je continuais à avoir mal au foie et j'étais obligée de m'allonger pour pouvoir digérer le repas de midi.

Pendant la dernière semaine de juillet, Marie vint me voir plusieurs fois ; nous devions choisir les chants de la cérémonie de vêture : acclamation du Christ, Gloria, Credo, Sanctus et Pater en latin, tout le reste en français. J'avais envoyé au père Marc les deux lectures que je souhaitais entendre.

Mon trousseau, une fois terminé, fut confié à mère Anne, qui le rangea dans l'une de ses précieuses armoires.

En août, je continuai à me rendre quotidiennement dans le bureau de l'abbesse. Elle m'expliqua ce qu'elle avait prévu pour le samedi 12 : invitations aux donateurs et amis du monastère, heure de la messe (15 heures), concélébration de trois prêtres avec le père Marc, repas organisé à leur intention à l'hôtellerie du monastère. Elle m'indiqua aussi le menu qui devait honorer les hôtes et celui auquel nous aurions droit. Pour nous, ce serait : soupe au vermicelle, jambon blanc, haricots verts, fruits au sirop et gâteaux secs. Même du café !

Lorsqu'elle ajouta qu'elle ne voulait absolument pas de la présence de mon amie Cécile, je ne fus pas tellement contrariée. Cécile n'était venue au monastère que deux ou trois fois depuis mon entrée, et je sentais bien qu'à un certain niveau nous nous étions éloignées. A sa dernière visite, elle m'avait posé des questions précises que je voulais ignorer ; je ne désirais pas qu'elle — ni quiconque — sût le combat que je menais, l'aspect négatif de ma vie actuelle. Or ses questions étaient toujours directes et j'avais un certain mal à les esquiver. Toutefois, je demandai à l'abbesse de motiver son refus. Elle me répondit que Cécile avait beaucoup changé ces temps derniers, qu'elle jouissait trop de la vie pour être un « bon exemple » pour moi. Je lui rétorquai que je n'étais plus une petite fille influençable, et que Cécile restait quelqu'un que j'aimais beaucoup, même si une certaine distance s'était installée entre nous. Nous en restâmes là.

L'abbesse me proposa également de faire retraite du lundi au vendredi, jour de veillée avec les sœurs. Elle me suggéra de relire les œuvres de dom Marmion, et de rebêcher le carreau du noviciat qu'elle trouvait négligé.

Mère Anne décida que, pendant ma retraite, elle rejoindrait la salle communautaire afin de me laisser seule au noviciat. J'avais un peu peur de cette solitude, mais je la désirais également et décidai de profiter au maximum de ce temps pour méditer et prier en profondeur.

Le lundi matin, pendant la messe de 7 h 30, le prêtre nous annonça la mort du pape. Les sœurs en furent toutes très émues. Mère Anne y vit un signe pour moi : il mourait au moment de ma retraite et serait inhumé le jour de ma prise d'habit. Elle me recommanda de beaucoup prier et me quitta en m'assurant que toutes les sœurs seraient en communion avec moi.

J'organisai mes journées : jardinage le matin, lecture et oraison à la chapelle l'après-midi.

En blouse de travail, je m'activais à désherber, refaire les bordures et nettoyer les trois allées qui entouraient le parterre. Pourtant, dès 10 heures, la chaleur m'incommodait et, lorsque je me baissais et me relevais, j'étais prise de vertiges. Si je me penchais trop rapidement, le petit déjeuner me remontait aux lèvres. Je n'allais pas bien du tout, mais je refusais de l'admettre, car je commençais à faire mienne l'idée qu'il était nécessaire de souffrir dans sa chair pour approcher Dieu.

A 11 heures, je rejoignais le chœur pour l'oraison et l'office. A midi, je déjeunais avec les sœurs. Pendant ces mois d'été, nous nous nourrissions presque exclusivement des restes d'un supermarché. Les légumes et les fruits les moins abîmés étaient transformés en purée ou compote ; le reste aboutissait dans la fosse à fumier qui doublait ou même triplait de volume tant il y avait de fruits pourris dont nous ne pouvions plus rien faire. Cette grande surface nous donnait vraiment ses poubelles et nous les acceptions... Comme dessert, nous avions des yaourts et du fromage blanc à date de fraîcheur très largement dépassée, que les sœurs cuisinières mélangeaient à de la confiture avant de nous les servir dans des coupelles. Quand il y en avait trop, chacune en recevait un bol en guise de repas du soir. Très sucré, ce dessert pouvait être avalé ; mais il rendait certaines sœurs fort malades.

Après le repas, je passais un moment au chœur, priant et lisant la Bible, mais, très vite, je me sentais obligée de regagner mon lit, car j'avais à la fois faim et des nausées. Je m'étais rarement sentie aussi mal.

Notre mère déposait le journal *la Croix* au noviciat. Lire le journal demeurait pour moi indispensable. J'eus, pendant cette semaine, l'occasion de vérifier un fait qui m'avait surprise : le journal ne parvenait jamais aux sœurs dans son intégralité. Il y manquait toujours une page ou au moins un article, soigneusement découpé aux ciseaux. J'avais d'abord pensé que l'abbesse constituait des archives puis, en me référant au sommaire, je compris qu'il s'agissait d'une censure. Ainsi certains sujets — politiques, le plus souvent — ou certains débats — sur des questions de société — ne devaient pas nous intéresser. Je me promis de soulever la question en salle communautaire.

Je relus aussi une retraite prêchée à Paul VI par le père Loew. Allongée et immobile des heures entières, j'avais parfois envie de pleurer, tellement j'avais faim. Je ne sortais de ma prostration que pour écouter le bruit des pas et des conversations, mais je ne percevais que des chuchotements. Lorsque je sentais le découragement, l'ennui ou une trop grande faim m'envahir, je descendais au chœur pour offrir à Dieu, à défaut des élans qui se refusaient à moi, ma simple présence.

Mais ces moments de découragement ne m'empêchaient pas de réfléchir profondément sur ce que je souhaitais vivre et sur ce que je ne voulais absolument pas subir : infantilisation, ignorance, destruction physique. Je savais que je ne pourrais vivre comme les sœurs, sans aboutir très vite à ma ruine physique et mentale. Il me faudrait trouver et faire accepter une autre idée de la vie de clarisse.

Le matin, au jardin, j'étais toujours plus calme. Là, je m'efforçais simplement de rendre le parterre propre et d'harmoniser les couleurs des fleurs.

Sœur Saint-François, trente-huit ans,
chargée de la dépense

Elle a la même enfance que Marie, sa sœur.

C'est dans un livre qu'elle découvre la « Lumière de vie ». Elle a vingt ans et décide de rejoindre sa sœur chez les clarisses. Sa mère est heureuse de donner une autre fille à Dieu.

Lorsqu'elle entre à A., mère Monique est toujours maîtresse des novices, mère Anne abbesse. Sa sœur lui apparaît différente dans ce cadre tout autre. La règle exige le silence, impose le vouvoiement. L'une comme l'autre souffrent, mais chacune consent aux sacrifices.

Le postulat se passe tout de même bien, sœur Saint-François aime lire les vies de saints. Comme sa sœur, elle n'a pas d'instruction et ne désire pas en avoir. Elle veut rester la petite sœur de Marie et la petite fille des mères. Puis arrive sœur Marie-Véronique et les choses se gâtent : les deux femmes ne s'entendent pas, sœur Saint-François se sent écrasée par la personnalité de la nouvelle venue qui, heureusement, partira faire un séjour à R.

Dès que sœur Saint-François est professe, on lui confie la dépense (entrepôt des stocks de nourriture, trier les fruits et les légumes reçus, préparer les desserts et les disposer devant chaque assiette). Elle refuse toute initiative et accomplit son travail sous l'œil très attentif de l'abbesse. Lorsqu'elle n'est pas à la dépense, elle passe son temps dans la salle communautaire à raccommoder les jupons des sœurs (deuxième sous-emploi).

Le dimanche, elle reste longtemps au chœur à lire la Bible et à relire des notes anciennes prises au moment des retraites.

Lorsque sœur Saint-François est souffrante, elle devient invivable. Plus rien ne compte que son dos et elle décrit inlassablement ses maux à toutes les sœurs, refuse d'assister à l'office, repousse la nourriture, fuit les couloirs et leurs terribles courants d'air. L'abbesse lui demande alors de ne pas quitter sa cellule. Sœur Saint-François est mince et a un joli corps. Elle est la seule femme du monastère à ne pas être farouchement pudique. Il lui arrive de se montrer en chemise et jupon lorsqu'elle troque l'habit contre la blouse de jardin. Elle a de beaux yeux verts et si son nez — cassé lorsqu'elle était petite — n'était pas un peu écrasé, elle serait jolie. Elle aussi porte des chaussures orthopédiques et est munie d'un dentier. Elle souffre beaucoup du foie, et l'abbesse la gave de médicaments.

Réservée, un peu sauvageonne, elle n'aime pas les contacts et s'intéresse peu au monde extérieur.

La prise d'habit

L'après-midi du 11 août, notre mère vint me chercher au noviciat pour que nous mettions au point les derniers détails de ma prise d'habit. Le choix du nom n'étant plus imposé par l'abbesse, je m'étais décidée pour *sœur Claire* : la vie humble de cette sainte serait un modèle pour ma propre vie.

La mère avait choisi les chants et un texte qui tiendrait lieu d'engagement et qui disait approximativement ceci : « Je désire être novice dans l'ordre de sainte Claire, vivre dans la pauvreté, l'obéissance et la chasteté, et en clôture. » La veillée se déroula comme nous l'avions prévue ; les sœurs prièrent pour moi et avec moi en y mettant beaucoup de force et de ferveur. Je me sentais portée par toute la communauté et j'étais heureuse.

Le 12 août au matin, je demeurai au noviciat, tandis que la mère accueillait le père Marc. Mère Anne mettait la main aux derniers préparatifs.

Sœur Véronique et sœur Saint-François vinrent m'offrir des cartes qu'elles avaient confectionnées ; les sacristines s'affairaient à la chapelle et les cuisinières aux cuisines.

Marie monta au noviciat en fin de matinée. Elle aussi m'apporta quelques images et tous ses vœux. Nous parlâmes du nom que j'avais choisi. Elle le trouvait beau mais pensait que j'avais encore du chemin à parcourir avant de ressembler à Claire : je manquais encore d'humilité et il m'arrivait d'être dure et intolérante. Ses paroles me firent mal, mais je les savais justes. Nous descendîmes ensemble au réfectoire. Les sœurs dissimulaient mal leur émotion à l'approche de cette cérémonie qui leur rappelait peut-être le jour de leur propre engagement.

Après le repas, mère Anne coupa à la hauteur de la nuque mes cheveux, que je portais longs ; j'allai ensuite dans ma cellule retirer mon jean. Mère Anne m'aida à revêtir l'habit, elle me mit le bonnet, le voile et la corde. Elle prit du recul, me regarda et me dit que l'habit m'allait bien et qu'il me faudrait maintenant en être digne, puis nous descendîmes à la salle communautaire, où toutes les sœurs attendaient en silence, les larmes aux yeux. J'étais, moi aussi, très émue et décidai d'aller faire quelques pas dans le jardin. Le voile me gênait un peu et je n'osais tourner la tête. Marie vint me rejoindre et me prit la main ; pendant que nous marchions côte à côte sans parler, la tête me tourna et je me sentis défaillir.

L'abbesse vint me chercher à 2 heures pour me mener au parloir, où m'attendaient le père Marc et les autres prêtres. Après quelques mots, ils laissèrent la place à ma famille : parents, oncles, tantes, venus pour la circonstance. Mes parents étaient très affectés ; ma mère me dit sur un ton que je trouvai agressif que j'avais bien mauvaise mine, le teint pâle, et que j'étais maigre. Je ne sus que répondre, ne voulant pas dévoiler les raisons de mon aspect que je ne connaissais que trop bien. Heureusement, une de mes tantes fit diversion en donnant des nouvelles de cousins que je n'avais plus vus depuis dix ans au moins. J'essayai de m'intéresser à la conversation, mais j'étais malheureuse de voir mes parents si meurtris.

Puis vint le moment de la messe. Je m'installai sur un fauteuil cramoisi précédé d'un prie-Dieu de même couleur, près de la porte vitrée — ouverte — marquant la séparation du chœur et du reste de la chapelle. Les sœurs se trouvaient derrière moi dans leurs stalles. Je pouvais voir les quatre premiers rangs de l'assistance ; il y avait beaucoup de monde. Mes parents étaient au deuxième rang et ma mère pleurait. Je pensai à eux tout au long de la cérémonie. Leur souffrance me faisait mal et je savais bien qu'ils ne comprenaient pas : les concours de reine de beauté, l'instabilité sentimentale et professionnelle, et maintenant le couvent... L'odeur de l'encens m'indisposait et je ne pus me concentrer ni sur les textes ni sur l'homélie du père Marc. Je gardai les yeux baissés pour ne pas voir mon père pleurer.

Après la messe, je retournai au parloir où le père Marc parlait avec mon père. Le moine m'embrassa en s'excusant de partir si vite, mais il devait rejoindre son abbaye le soir même. Je savais qu'il me garderait dans sa prière tous les jours de sa vie, comme il me l'avait promis.

Ma tante me posa beaucoup de questions ; mes parents me donnèrent des nouvelles de ma jeune sœur, en Allemagne pour l'été, et de mon frère. Ils devaient rester jusqu'au lendemain matin.

Les sœurs, pendant ce temps, suivirent la retransmission des funérailles du pape à la télévision. Je n'eus pas envie de les rejoindre à ma sortie du parloir et retournai au jardin. Je me sentais bien dans l'habit, j'allais, selon les paroles de l'Évangile, devenir une femme nouvelle. J'avais chaud et mal au ventre parce que j'avais mes règles. Je ne savais pas qu'il s'agissait là des dernières ; pendant des mois, elles ne devaient pas revenir. Lorsque j'en parlai plus tard à notre mère, elle me rassura en me disant que cela arrivait et qu'il y avait eu dans la communauté deux sœurs dont les règles s'étaient brusquement arrêtées à l'âge de trente ans.

Marie renonça à l'émission de télévision pour venir parler un peu avec moi. Elle me dit que l'homélie du père Marc l'avait beaucoup touchée, elle me parla du désarroi — normal, trouvait-elle — de mes parents, et de Dieu qui ne manquerait pas de leur donner la lumière en temps voulu.

La journée se termina sur vêpres et complies, après un repas aussi frugal que ceux des jours ordinaires.

Sœur Catherine, soixante-quinze ans, chargée de l'entretien des habits

Sa mère est femme de ménage à côté de A. Son père meurt lorsqu'elle est toute petite. Son désir d'être religieuse remonte aussi loin que ses souvenirs. Elle veut mener une vie rigoureuse, se sacrifier à Dieu.

Elle choisit les clarisses et y entre à vingt et un ans.

Sœur Catherine mène une vie religieuse sans problème jusqu'au moment du Concile. Là, les réformes souhaitées par le Vatican (réformes modestes, pourtant, à A.) la bouleversent. Elle rejette la messe sans latin et n'accepte pas la forme qu'ont prise les nouveaux offices.

Petit à petit, elle fuit les contacts avec les autres sœurs et se retranche dans sa cellule, où elle mange, travaille, récite ses offices. Elle ne pénètre au chœur que pour communier et en ressort aussitôt. Elle prétend sentir des odeurs partout et accuse les sœurs de verser du parfum (quel parfum ?) dans toutes les pièces. Aussi prend-elle la manie d'ouvrir, où qu'elle passe, toutes les fenêtres, même en plein hiver. Par charité, les sœurs ne disent rien et la laissent agir.

De guerre lasse, l'abbesse l'autorise à vivre en marge de la communauté. Pourtant, même recluse, elle observe et sait tout ce qui se passe dans le couvent.

Elle écrit régulièrement à l'évêque, de longues épîtres dans lesquelles elle expose sa vie intérieure.

Sœur Catherine est responsable de l'entretien des habits : confection, raccommodage, lavage. Lorsqu'elle trouve un bout de fil, elle le ramasse et le conserve précieusement. Cela occupe une grande partie de ses loisirs.

Elle porte toujours la même longue blouse noire, afin d'économiser l'habit, qu'elle ne revêt qu'une fois par jour, pour aller communier. Elle est l'une des rares sœurs à connaître le chemin de la douche.

Sœur Catherine présente un aspect fragile (petite, voûtée, ridée) que dément l'intransigeance de son regard derrière ses lunettes.

Le noviciat

Ma première nuit de novice fut bonne. Je m'étais endormie très vite. Au matin je me trouvai un peu gauche pour enfiler mes nouveaux vêtements ; ce fut si long que j'arrivai à l'office avec un peu de retard.

Après le petit déjeuner, je me rendis au parloir pour dire au revoir à mes parents. J'étais soulagée de les voir partir et j'espérais de tout cœur qu'ils pourraient très vite oublier l'épreuve que je venais de leur imposer. Ce même dimanche après-midi, je me réfugiai au jardin, où Marie vint à nouveau me trouver. De la fenêtre de son bureau, l'abbesse nous observait.

Marie recommença à parler de mes parents et de la lumière que Dieu ne manquerait pas de leur accorder. Elle mentionna Cécile, son absence, et me dit que lorqu'elle viendrait me voir, elle serait étonnée de me voir aussi rayonnante et se poserait peut-être des questions sur la futilité de sa propre vie. Je lui fis remarquer que Cécile semblait avoir trouvé son équilibre en vivant avec l'homme qu'elle aimait et qu'il n'y avait aucun mal à cela. Mais Marie voulait me persuader que la vie vécue à la manière de Cécile ne pouvait avoir de valeur aux yeux de Dieu. Et puis Cécile se maquillait, s'habillait avec coquetterie et surtout était trop « intellectuelle ». Comment Dieu pourrait-il pénétrer son cœur ? Marie m'agaçait, mais je n'avais pas le courage de lui tenir tête. Je me contentai d'affirmer qu'elle ne connaissait pas suffisamment Cécile et que l'attitude de notre mère, qui prenait visiblement plaisir à parler en sa défaveur, n'arrangeait pas les choses. Et n'y avait-il pas plusieurs manières de plaire à Dieu ?

Marie changea brusquement de sujet. Elle me redit combien le nom que j'avais choisi était apprécié de la communauté et elle espérait que sainte Claire m'aiderait à apprendre à obéir et à accepter la pauvreté sous toutes ses formes. Sachant bien à quoi elle faisait allusion, je me contentai de lui répondre que jamais je n'accepterais de me détruire, et que pauvreté et désir de destruction de sa propre personne étaient deux choses très différentes à mes yeux. Énervée et malade de chagrin, je la quittai, prétextant le désir de parler à mère Anne avant l'office.

Le mois d'août fut chaud. Je ne quittai guère le

noviciat, car je n'avais pas encore d'activité bien déterminée.

Les sœurs étaient très polarisées par les événements du Vatican : qui serait le nouveau pape ? Rien d'autre ne les intéressait, c'était l'unique sujet de discussion de leurs récréations.

Fin août, les aubes de communion de plusieurs paroisses nous arrivèrent afin d'être lavées et remises en état. Pendant les récréations, les sœurs commencèrent par recoudre les ourlets défaits, les boutons manquants, rattraper les accrocs. Je ne participais pas au raccommodage — je n'étais pas douée du tout —, mais je leur tenais compagnie en lisant à haute voix *la Croix,* seul journal auquel nous étions abonnées. Le jour du lavage fut fixé par l'abbesse, qui nous en avertit la veille. Dès 9 heures, les sœurs firent chauffer l'eau à la buanderie, dans une énorme lessiveuse. Afin de ménager notre habit, nous avions remplacé nos robes par la blouse de ménage. Le voile me gênait, aussi Marie me l'avait-elle épinglé à la blouse. Toutes les sœurs s'étaient mises à l'ouvrage, même la sœur portière, qui lavait et rinçait cordons et voiles. Marie et moi étions l'une en face de l'autre, sœur Gabriel et sœur Marie-de-l'Assomption lavaient à côté de nous, Marie-Véronique-de-la-Croix et Marie-de-la-Providence rinçaient. Sœur Saint-François, sœur Saint-Jean-Baptiste et sœur Marie-du-Sacré-Cœur arrivèrent à 11 h 30 pour étendre les aubes dans le jardin.

Après la récréation du début d'après-midi, nous retournâmes à la buanderie pour terminer notre travail, qui dura jusqu'à 5 heures. Ensuite, je restai avec Marie et Marie-de-la-Providence pour laver les dalles de la buanderie et tout ranger jusqu'à 6 heures.

Ce travail m'éreinta à tel point que, le lendemain matin, je n'entendis pas la cloche du lever, et mère Anne me laissa dormir jusqu'à 7 h 15, heure de la messe. J'avais mal partout et je ne savais pas comment entrer au chœur tant j'étais honteuse et ennuyée. Mais les sœurs ne levèrent même pas les yeux. Après le petit déjeuner, notre mère m'appela dans son bureau. Elle me demanda de m'asseoir et me dit aussitôt qu'elle était très inquiète au sujet de ma santé : j'avais le teint jaune et je semblais fatiguée. Elle voulut me peser mais je lui opposai un refus catégorique.

Elle n'insista pas et je changeai de conversation en lui rappelant qu'elle m'avait promis des cours d'initiation à la théologie et que ces cours n'étaient toujours pas arrivés. J'en avais plus qu'assez de la lecture de la vie des saints que je lisais et relisais par la force des choses, puisque la bibliothèque ne contenait rien d'autre. Je lui citai presque mot pour mot les déclarations du Concile Vatican II en matière de formation : « Le Concile exhorte de façon insistante tous les chrétiens, et notamment les membres des ordres religieux, à apprendre, par la lecture fréquente des Saintes Écritures, la science de Jésus-Christ [...]. Que volontiers, donc, ils abordent le texte sacré lui-même, soit par la sainte liturgie [...], soit par des cours appropriés et par d'autres moyens qui se répandent de nos jours d'une manière digne d'éloges. »

Cela déplut fort à notre mère, qui me rappela d'un ton acerbe que saint François et sainte Claire avaient vécu dans l'ignorance et l'avaient imposée dans leurs règles respectives (ce qui n'est pas tout à fait exact). Comme je gardais un silence obstiné, l'abbesse ajouta qu'elle avait peur que je devienne vaniteuse. Toutefois, elle me proposa une solution dont elle avait déjà discuté avec mère Anne : chaque matin, à 8 h 45, les trois plus jeunes sœurs, Marie, sœur Saint-François et Marie-Véronique, viendraient me rejoindre au noviciat pour un échange sur l'Évangile du jour et, une fois par semaine, pour l'étude — sous sa conduite — d'un chapitre de la règle. Je jugeai la proposition intéressante — même si elle ne correspondait pas exactement à ce que je souhaitais — et la remerciai. Elle ajouta qu'en ce qui concernait les cours il lui fallait prier Dieu pour savoir si elle pourrait me les accorder.

Qu'allais-je donc devenir si je n'obtenais pas ces

cours ? Mes seules lectures resteraient donc des ouvrages de piété de 1930, des vies fleuries de saints ? J'avais besoin de ces cours. Devant une situation aussi bloquée, je décidai d'employer la seule arme qui me restait : j'informai notre mère que je ne lirais plus rien jusqu'à ce que j'obtienne les quelques cours que je savais indispensables à mon développement spirituel. Je saurais attendre, et je m'occuperais en faisant davantage de jardinage...

Je retrouvai mère Anne en train de tricoter au noviciat. Je lui résumai l'entretien que je venais d'avoir avec l'abbesse et lui fis part de ma décision de ne plus ouvrir un seul livre, à part mon livre de prières et ma Bible, jusqu'à la réception des cours. Je guettai sa réaction et fus étonnée lorsque, après un long silence, elle me dit que j'aurais peut-être mieux fait d'entrer chez les dominicaines ou les bénédictines. Elle ajouta que je n'étais pas toujours « gentille » et que je manquais de patience. Rien d'autre ne fut dit jusqu'à l'heure de la lecture, où je la quittai et descendis au chœur.

A genoux devant l'autel, je redevins très humble et je suppliai Dieu de me guider et de me donner un peu plus de force physique, car je me sentais faiblir.

Avais-je tort de tenir tête à l'abbesse ? Mais je voulais aller à Lui avec un corps intact et une intelligence lucide.

Je n'en pouvais plus. Quel avenir pour moi si je ne réussissais pas à m'intégrer ? Et pourrais-je devenir cette sœur ignorante, tout juste bonne pour le travail du jardin et la couture ?

Début septembre, notre mère fut contactée par le monastère des clarisses de T., qui désirait nous associer à la session sur sainte Claire qu'il organisait à l'intention de ses trois novices.

Lorsque l'abbesse m'en parla, je fus très intéressée et décidai de ne pas manquer une occasion aussi rare ; nous avions si peu de possibilités de formation ! En outre, j'étais très curieuse de rencontrer d'autres novices. Cela m'aiderait, pensai-je, à faire le point sur ma première année, mon intégration dans la communauté, mes difficultés et mes perspectives. Elles avaient de vingt-sept à trente ans, nous devions avoir les mêmes problèmes et il serait enrichissant d'en parler. Deux autres monastères se déclarèrent intéressés, et nous nous retrouvâmes huit novices, chaperonnées par nos abbesses respectives.

La première journée débuta par de brèves présentations. J'appris que parmi les jeunes femmes présentes, quatre étaient d'anciennes infirmières, une avait une licence de droit et deux autres avaient choisi la vie religieuse sans avoir fait d'études ni exercé aucun métier.

A ma grande surprise, les novices de T. donnèrent le ton en se vouvoyant. Elles semblaient avoir entre elles des rapports très empruntés. Cela me parut étrange, mais les autres semblèrent trouver naturelle cette absence de simplicité. Je me dis alors que la vie dans les autres monastères de clarisses ne devait pas être plus agréable qu'à A.

Nos abbesses étaient présentes, et elles ne nous quittèrent pas un instant de toute la semaine, qui fut décevante à tous les niveaux.

Aucun moment d'échange réel n'avait été prévu pendant cette rencontre, et nous n'étions réunies que pour écouter dans le silence un cours magistral débité sans conviction apparente par un franciscain terne. Une fois ou deux, je tentai d'exprimer une réaction, de poser une question ou de soulever un problème, mais l'assemblée restait silencieuse et me considérait d'un air réprobateur. Lorsque fut abordé le chapitre de la vocation, je cherchai à instaurer une discussion, mais me heurtai immédiatement à des idées toutes faites et à des propos qui me semblèrent singulièrement timorés. Je me sentis vite très seule avec mes interrogations qui restaient sans écho.

Les repas pris en commun à l'hôtellerie se déroulaient dans le silence. Aux moments de détente, nous allions dans le jardin. C'était un très beau jardin, beaucoup plus grand que le nôtre.

Quant aux bâtiments, ils étaient anciens et majestueux.

La vie à T. me parut beaucoup plus austère que dans notre couvent ; la tenue des sœurs et les rites qu'elles observaient étaient ceux d'avant le Concile. Ainsi, je fus choquée de constater que lorsqu'une sœur, par hasard, arrivait en retard à l'office, elle n'avait pas le droit de pénétrer dans le chœur et devait par la suite longuement demander pardon à l'abbesse. Cependant, cette vie semblait convenir aux trois jeunes sœurs, et, si elles avaient des difficultés, elles se gardèrent bien de les exprimer durant cette semaine-là. Je ne sentais pas entre elles l'affection qui existait entre nous, malgré les différences d'âge et de culture.

En raison du manque de place, je dus partager la cellule de mon abbesse. La cohabitation se révéla difficile, car non seulement elle ronflait fort et toute la nuit, mais de plus elle ne se lava pas de tout le séjour et dormit tout habillée.

La semaine fut monotone. J'étais déçue, le cours était sec et je ne parvins à établir aucun dialogue avec les autres novices. Chacune resta seule, apparemment indifférente aux autres.

Je fus finalement contente de retrouver A., où les sœurs attendaient avec impatience notre retour. Dans mon monastère, bien qu'incomprise, je me sentais entourée et aimée.

Sœur Germaine, soixante-douze ans,
sœur externe

Germaine naît dans une famille paysanne pauvre des environs de A. Son père meurt lorsqu'elle a sept ans. Il laisse une famille nombreuse, dont Germaine est l'aînée. La mère ne se remarie pas, et Germaine est très tôt retirée de l'école, car on a besoin d'elle à la ferme.

La jeune fille est pieuse et assiste à la messe tous les jours. Lorsqu'elle entend parler du couvent des clarisses de A., elle entrevoit la possibilité de consacrer sa vie à Dieu. Le projet mûrit et, à vingt et un ans, elle décide d'entrer au monastère. Comme elle ne désire pas être cloîtrée, mais sœur « externe », Germaine est confiée aux deux sœurs externes déjà âgées. Celles-ci ne sont pas toujours tendres avec la nouvelle recrue, et Germaine se souvient d'avoir été fréquemment humiliée. Mais elle se plie à leurs exigences sans protester. A la ferme aussi, elle devait obéir à sa mère. Cette situation dure dix ans, jusqu'à la mort des deux sœurs, dont elle assurera longtemps seule les tâches.

Sa vie est très différente de celle des religieuses cloîtrées : sœur Germaine travaille, mange et dort à l'extérieur de la clôture, où elle ne pénètre qu'exceptionnellement, pour une récréation ou une fête. Elle assiste aux offices dans la partie de la chapelle réservée au public. Elle assure le lien entre la communauté et « le monde », fait les courses, introduit les visiteurs.

Les habitants de A. la connaissent bien et beaucoup l'apprécient pour son sourire et sa gentillesse. A l'intérieur de la communauté, elle ne jouit pas d'une aussi bonne réputation. Il arrive que les sœurs la trouvent peu serviable et même un peu hypocrite.

Sœur Germaine est ridée et forte. Elle porte de grosses lunettes mais est une des rares sœurs à ne pas avoir besoin de dentier. L'habit toujours taché, le voile souvent déchiré et de travers, elle est partout accompagnée du vieux chien abandonné que quelque habitant lui a confié et auquel elle a donné le nom très chrétien de Vincent.

Septembre. Visite d'Agnès

Le mois de septembre fut beau. Mes principales occupations restaient le jardinage, le recopiage des chants liturgiques et aussi le partage d'Évangile qui avait lieu chaque matin au noviciat.

Le déroulement en était toujours le même : nous commencions par réciter le Notre Père, avant de nous asseoir autour de la table. Ensuite le passage du jour était lu à haute voix par l'une d'entre nous tandis que les autres suivaient sur leur livre. Après un petit moment de réflexion, celle qui venait de lire expliquait comment elle ressentait le texte puis, par ordre d'ancienneté, chacune de nous prenait la parole. Seule mère Anne restait silencieuse. Elle n'assistait aux séances que pour s'assurer de leur bon déroulement.

Je constatai que sœur Saint-François et sœur Marie-Véronique-de-la-Croix, quel que fût le thème de la lecture, répétaient toujours les mêmes propos. Ainsi Marie-Véronique insistait-elle sur l'amour gratuit de Dieu envers les hommes ; Il était l' « époux que son cœur avait choisi » et elle était heureuse de lui offrir sa virginité. Sœur Saint-François, elle, relevait l'humilité des gestes accomplis par Jésus, qui « n'aimait que les faibles et les petits ». Marie et moi traitions en général le texte de la même façon, et nous nous trouvions d'accord pour constater que ce partage servait d'exutoire à chacune. Nous argumentions de façon passionnée, élevant la voix, nous coupant parfois la parole. Il y avait aussi des moments forts où Marie et moi étions parfaitement d'accord ; alors nous nous levions pour nous embrasser. Si par hasard elle n'était pas de mon avis sur un point important, je la chahutais jusqu'à ce qu'elle admette que j'avais raison.

Ce n'était qu'à ces moments-là que mère Anne intervenait afin de rétablir le calme, et nous éclations de rire. Pendant ces dialogues animés, sœur Marie-Véronique et sœur Saint-François restaient le plus souvent silencieuses et impassibles.

Le partage d'Évangile terminé, nous redisions le Notre Père et chacune retournait à sa tâche. Dès qu'elles étaient parties, je me remettais au recopiage des chants. Si, par hasard, Marie montait m'apporter des chants nouveaux, nous poursuivions la discussion. Mais Marie n'osait pas trop s'extérioriser, gênée par la présence de mère Anne et soucieuse des exigences de la règle, qui recommandait le silence.

Comme convenu, une fois par semaine, l'abbesse venait au noviciat pour animer le cours sur la règle. Mère Anne restait alors dans sa cellule.

Avant de s'asseoir, notre mère implorait le Seigneur de nous envoyer la Lumière et de nous guider dans notre recherche. Ensuite elle lisait à haute voix et commentait un chapitre de la règle. Nous devions nous contenter d'écouter et n'avions pas le droit d'intervenir.

Pourtant, cette règle, écrite au milieu du XIIIe siècle, après des dizaines d'années de recherche et d'hésitation, est un texte qui peut encore susciter l'admiration et proposer un modèle de vie. Mais pour cela, il faudrait, tout en en suivant religieusement l'esprit, avoir la souplesse d'interprétation nécessaire pour l'adapter au contexte actuel. Or notre mère collait toujours à la lettre plus qu'à l'esprit.

Ce fut à l'occasion de ces séances que je me rendis compte, avec un énorme sentiment de culpabilité, que j'éprouvais comme de la répulsion envers l'abbesse. J'avais du mal à la supporter physiquement. Très vite ces quelques heures en sa compagnie me devinrent pénibles. Toutefois je m'efforçais de ne pas le manifester. Je me sentais d'ailleurs dépourvue d'énergie. Était-ce parce que je me sentais toujours fatiguée ? Du lever au coucher du soleil, la tête me tournait et j'avais des nausées.

Les repas furent particulièrement détestables pendant ce mois de septembre. Un agriculteur nous avait donné des dizaines de kilos de betteraves rouges, si bien que nos repas de midi comme ceux du soir étaient composés uniquement de betteraves et de confiture. Cela dura plusieurs semaines, pendant lesquelles je ne pus presque rien avaler.

J'entrai également dans ce que les mystiques appellent la « nuit de la foi » : je n'arrivais plus à prier, mon esprit s'égarait. Je m'allongeais alors face au tabernacle, la tête dans les mains et je restais des heures ainsi, m'efforçant de réciter au moins le rosaire ou la « prière de Jésus ». Mais je n'y parvenais pas toujours.

A la fin du mois, un samedi, j'eus la joie de recevoir la visite d'Agnès. Agnès était une amie que Cécile et moi avions en commun. C'était avec elles deux que j'avais découvert Assise, patrie de saint François et étape décisive de ma vie.

Lorsque l'abbesse m'annonça sa visite, j'étais en

train de faire le ménage du noviciat. Je lui demandai de la recevoir, le temps de quitter ma blouse et de passer l'habit. En fait, je ne voulais pas qu'Agnès sache combien j'avais maigri, et je désirais passer deux pulls très épais sous ma robe.

Ce n'était pas seulement l'amitié qui avait mené Agnès vers moi, mais la nécessité de m'annoncer une bouleversante nouvelle : Cécile venait d'être violée.

Je commençai par rejeter cette idée avec horreur. Agnès me raconta en détail comment l'individu s'était introduit dans l'appartement de Cécile en son absence. Pendant qu'elle me disait tout ce qu'elle savait de cette histoire, il se produisit un déclic qui me remit en mémoire une pénible nuit passée dans l'appartement de Cécile, que j'occupais seule pendant l'une de ses absences : je venais de me coucher, il devait être 1 heure, lorsque j'avais été alertée par un jeu de lumière inhabituel provenant du balcon ; j'avais alors allumé la lampe de chevet et m'étais trouvée face à un homme au visage masqué, armé d'un pistolet. Malgré ma frayeur, j'avais été capable de m'adresser à lui en de tels termes que, après une hésitation, il avait enlevé sa cagoule et posé son arme avant de se lancer dans un invraisemblable récit de prisonnier politique évadé. Pendant qu'il me débitait sa rocambolesque histoire, je m'étais ressaisie, j'avais réfléchi et décidé que le meilleur moyen de le rendre inoffensif était de le faire parler. Ce qu'il avait fait très volontiers. Au bout d'une heure, qui pour moi avait été une éternité, il s'était résolu à partir « retrouver d'autres militants qui l'attendaient ». Il avait remis sa cagoule, repris son pistolet en précisant qu'il en possédait toute une collection et emprunté le même chemin pour s'en aller.

Lorsque Cécile était revenue et que je lui avais raconté l'histoire, celle-ci nous avait paru à toutes les deux plus drôle que tragique. Il nous avait semblé qu'il ne s'agissait que d'un mythomane, exalté mais sûrement pas dangereux. D'ailleurs son arme était-elle réelle ? J'en étais venue à supposer que non.

A présent, Agnès m'expliquait que Cécile était persuadée qu'il s'agissait du même homme. Tout concordait : la façon de s'introduire par le balcon, la cagoule, la taille, les histoires incroyables (épousant l'actualité)...

Cécile et Agnès jugeaient indispensable que j'apporte un témoignage, qui seul permettrait d'identifier le malfaiteur, et c'était là le principal but de la visite d'Agnès.

Devant mon mutisme — j'étais accablée —, elle ajouta que Cécile était déjà la seconde victime, puisqu'il avait violé dans le même immeuble, à un étage supérieur, une autre femme.

Je promis à Agnès de faire tout ce que je pourrais, et cela le plus vite possible.

Agnès voulut enfin que je parle de moi. Je la savais intéressée par la vie monastique et je redoutais qu'elle ne découvrît mon désarroi actuel. Je me débrouillai pour changer de conversation et l'orientai sur sa vie à elle. Elle n'insista pas. Sa visite me laissa effondrée et je me précipitai au chœur, où j'essayai de mettre un peu d'ordre dans mes idées.

Il me faudrait commencer par demander un entretien avec notre mère.

Sœur Marie-Bernard, cinquante-six ans,
sœur externe

Elle vient d'un autre monastère de clarisses, qui a connu le problème de la dispersion de ses sœurs à cause de leur trop petit nombre.

Sœur Marie-Bernard est sœur externe, c'est-à-dire non soumise à la clôture et chargée des relations avec le monde extérieur. Elle s'occupe aussi de catéchèse et est heureuse de faire découvrir Dieu aux enfants de la paroisse.

Elle est de santé très fragile, tous les organes de son appareil digestif étant malades. Elle n'aide jamais l'autre sœur externe — sœur Germaine — à faire le ménage du bâtiment extérieur, parce qu'elle est allergique à la poussière. C'est là une source de contestation permanente entre les deux religieuses, qui se plaignent à tour de rôle auprès de l'abbesse du comportement de l'autre. La mère doit souvent intervenir pour rééquilibrer les tâches.

Sœur Marie-Bernard est agréable d'aspect, petite et mince, toujours propre. Elle a un beau sourire heureux.

étant suffisamment aisés pour ne pas laisser l'enfant dans le besoin.

A partir de ce moment-là, je perdis le contrôle de moi-même et, devant cette vieille femme intolérante, je me mis à hurler que si Cécile était enceinte, elle avorterait et qu'elle-même, qui — grâce à son univers protégé — n'avait jamais rien connu, rien compris, n'avait pas le droit de porter un jugement. Je la menaçai enfin de ne pas la laisser en paix, ni mère Anne ni quiconque, jusqu'à ce que j'obtienne la permission de témoigner.

L'abbesse, me voyant dans cet état d'esprit, devint conciliante et essaya de m'expliquer sa manière de voir : Dieu me protégeait, Dieu me voulait comme épouse et n'avait pas permis qu'on me fit du mal. Bien sûr, j'avais commis quelques erreurs de parcours, mais le Seigneur aime les repentis...

A l'appui, elle me raconta l'histoire suivante : elle-même et deux amies voulaient être religieuses, mais les deux amies se marièrent. Résultat : l'une mourut en couches et l'autre succomba à une hémorragie ; de plus, leurs maris n'avaient pas été fidèles... alors qu'elle-même avait toujours connu le bonheur. Sans vouloir être méchante, on pouvait en conclure que le Seigneur les avait « punies ». Le viol de Cécile était chose comparable.

J'étais outrée ; et les paroles me faisant défaut,

je ne pus que la supplier en pleurant de me laisser témoigner.

La cloche annonça les vêpres. Je ne pus me lever, demeurant prostrée, la tête dans les mains, entendant vaguement le chant harmonieux des sœurs. Au bout de quelques minutes, je demandai à l'abbesse, qui n'osait se lever, à qui elle comptait s'adresser pour obtenir les conseils dont elle avait parlé. Elle me cita le père Marc, un notaire de la ville et un avocat ami du monastère. Ensuite elle me proposa de réciter l'office avec elle, sur place, mais je refusai et quittai son bureau.

Devant ce mur d'incompréhension et effrayée par mon propre désarroi, je mis tout mon espoir dans Marie et lui demandai de la rencontrer dans le jardin, dimanche après la messe.

Cette nuit-là ne fut pour moi qu'insomnie, remise en question, angoisse. Je vis à quel point l'univers dans lequel je vivais était protégé, je constatai le fossé qui existait entre nous, les moniales, et toutes les autres. Je m'assoupis enfin vers le matin et, pour la deuxième fois, je n'entendis pas la cloche du lever. Mère Anne me laissa dormir jusqu'au petit déjeuner. En buvant mon café, je regardai l'abbesse manger goulûment une moitié de baguette. Elle paraissait entièrement concentrée sur le plaisir de la nourriture.

Je passai toute la journée à traîner au noviciat.

Dès le lendemain, Marie, pleine de sollicitude, vint me rejoindre dans le jardin. Mon air fatigué l'inquiétait et elle voulait savoir ce qui n'allait pas. Je lui racontai tout. Ses réactions furent — en gros — comparables à celles de notre mère : là où j'attendais de Marie compassion, elle parla punition. Pour conclure, elle ajouta que moi, j'étais vraiment sur la bonne voie d'une vie religieuse parfaite : un grand respect des sœurs, une vie recueillie, serviable et attentionnée — malgré quelques caprices relatifs à la nourriture, que...

Je l'arrêtai ! Petite sœur chérie, toi aussi tu es contre moi, tu parles « châtiment » et non « justice ». Je lui pris la main et la serrai très fort en lui disant : « Petite sœur, si vous m'empêchez de porter témoignage, je ne pourrai plus vivre parmi vous, car personne n'a le droit de fuir ses responsabilités. »

Nous connûmes alors un moment d'intense émotion. Marie, les larmes aux yeux, protesta : « Tu ne peux pas partir, ta vie est ici, à A., c'est dans ce monastère que Dieu te veut. » Cette conversation aurait peut-être ouvert la voie à une meilleure compréhension, si la fenêtre du bureau de l'abbesse ne s'était ouverte brusquement. Elle frappa dans ses mains ; cela signifiait qu'elle voulait me voir.

Je montai remplie d'espoir. Peut-être avait-elle changé d'avis ? Mais non, elle voulait seulement me parler de ma santé : j'avais l'air épuisée et quelques remontants s'imposaient. Je refusai catégoriquement ; il n'était pas question que je prenne n'importe quel médicament sans l'avis d'un médecin. La discussion qui s'ensuivit fut interrompue par la sonnerie du téléphone. L'abbesse décrocha et son visage se figea. C'était Cécile qui demandait à me parler. Je me saisis du récepteur et déjà Cécile me noyait de questions : Agnès était-elle venue ?... Étais-je au courant ?... Elle comptait sur moi... Agnès m'avait-elle bien expliqué ?... M'avait-elle donné les coordonnées du commissariat ?... Il me fallait écrire dès aujourd'hui, ou mieux, téléphoner...

Devant mon mutisme, elle s'inquiéta : y avait-il des problèmes au monastère ? Je lui répondis simplement oui, ne pouvant lui parler librement, puisque l'abbesse était restée dans la pièce. Cécile, désemparée, me proposa de rappeler dans la semaine.

Cette conversation, dont elle avait deviné le sens sans en percevoir les paroles, énerva la mère qui explosa : « J'espère qu'elle ne va pas nous embêter tout le temps avec son histoire ! »

Il faut croire que mon attitude et ma détermination à vouloir agir la préoccupèrent beaucoup puisqu'à la récréation du dimanche après-midi elle raconta aux sœurs que Cécile avait été violée ; les sœurs la regardèrent avec inquiétude. Une telle histoire... Sœur Saint-Jean-Baptiste hasarda quelques paroles en faveur de Cécile, mais la mère la rabroua en reprenant son argument favori : Cécile avait été punie, elle n'avait eu là que ce qu'elle méritait. Devant le silence lâche des religieuses, j'avais envie de crier : « Et le Dieu d'amour, qu'en faites-vous ? » Notre mère ne jugea pas utile de mentionner mon désir de témoigner. Il est vrai qu'elles ignoraient tout de ma vie « d'avant ».

J'obtins tout de même une faveur : la permission d'écrire au père Marc. Dans une longue lettre, je lui expliquai la situation et j'affirmai fermement que je quitterais A. si on m'empêchait d'intervenir.

En relisant ma lettre, je fus frappée par la détermination de la dernière phrase. Avais-je vraiment envie de quitter le monastère, ou était-ce une menace dont je me servais pour arriver à mes fins ? Je ne savais plus très bien.

Sœur Dominique, trente-neuf ans

Issue d'une famille de cultivateurs en Charente. Trois générations cohabitent. Dominique est baptisée par respect des traditions, mais ses parents ne pratiquent pas. Elle va tout de même au catéchisme, où on lui parle de l'amour de Dieu. D'amour, il n'y en a pas chez elle : son père est alcoolique et violent, sa mère est volage. Les enfants (Dominique a un frère) grandissent comme ils le peuvent.

Dès l'âge de huit ans, elle sait qu'elle sera religieuse parce que Dieu l'aime. Lorsque le père meurt, jeune encore, la mère installe l'un de ses amants à la maison. Dominique a appris au catéchisme que la conduite de sa mère est immorale. Elle ne peut pas faire d'études, car elle est cardiaque, et même une fois opérée, elle ne peut travailler. Elle entend parler des clarisses et cela l'incite à lire la vie de plusieurs saints fondateurs d'ordres. Sans hésitation, elle décide de se consacrer à Dieu dans l'ordre de sainte Claire.

Sa mère ne fait pas d'objection : une bouche de moins à nourrir.

Dominique entre chez les clarisses de B. à vingt et un ans, comme sœur externe. Cette vie lui plaît : elle rencontre des gens, fait les courses, elle peut lire et prier.

Après ses premiers vœux survient en elle un grand changement : elle devient morose, elle a le sentiment de ne pas donner assez au Seigneur. Elle ne veut plus être sœur externe, elle désire être cloîtrée. Elle prononce donc le vœu de clôture. Mais l'enthousiasme du nouveau choix se dissipe vite ; Dominique s'ennuie, voudrait découvrir autre chose. En peu de temps, ses pieds et ses mains se couvrent d'eczéma ; les démangeaisons la font tant souffrir qu'elle est incapable d'assumer un quelconque emploi. Elle se gratte jusqu'au sang et refuse les soins. Peut-être que dans un autre monastère...

Grâce à une dérogation, elle peut quitter B. pour le monastère de P., où elle demeure quelques années. Cela ne va pas trop mal, mais le monastère, en raison du trop petit nombre de sœurs, est obligé de fermer ses portes. Dominique a mauvaise réputation et aucun monastère ne veut l'accueillir. Elle ne fait que passer à R., à T., à N., puis aboutit par hasard à A., où elle s'installe.

Son eczéma suit désormais la courbe de son bien-être, mais comme il est impossible de compter sur elle, elle n'a pas de tâche fixe. Elle ne peut rester fidèle à une activité une semaine entière. Quand l'état de ses mains le lui permet, elle occupe ses journées à réaliser des travaux d'agrément : cadres, sous-verres, cartes, chapelets, croix en bois. Elle travaille bien le tissu, réalisant poupées, sets de table et mouchoirs qui sont vendus à la poterie.

Dominique est de toute la communauté la sœur qui lit le plus. Des amis l'ont abonnée à des revues religieuses : le Pèlerin, la Vie, Panorama. *Elle s'intéresse aussi beaucoup à la télévision.*

Dominique est déconcertante et semble parfois prendre plaisir à blesser les sœurs par des remarques acides et des paroles cinglantes. Lorsqu'une sœur se trompe de lecture au chœur, elle tape si rageusement du pied que la sœur met cinq minutes de plus à retrouver la page. Il lui arrive de disperser du papier sur le sol au moment du balayage ou de déchirer les torchons pendant la vaisselle.

Quand elle accomplit une tâche qu'elle estime exceptionnelle, elle réclame des bonbons et un surplus de nourriture à la mère. Elle souffre particulièrement du froid. Lorsque Dominique ne se sent pas bien, elle ne participe plus du tout à la vie communautaire. Elle passe alors son temps à pleurer ou à faire des scènes violentes à l'abbesse.

Elle se douche régulièrement et sa propreté paraît suspecte aux autres sœurs. Elle change souvent de sous-vêtements et n'accepte pas de porter n'importe quoi.

De taille moyenne, très mince, Dominique a des yeux marron foncé qui sont tour à tour durs ou très doux. Bien que de nombreuses dents lui manquent, elle ne porte pas de dentier. Dès qu'elle est contrariée, elle reproduit le même tic : un doigt dans la bouche, elle le mord si fort que tout son visage se crispe.

Visite de l'évêque

Je reçus la semaine suivante une lettre du père Marc : *Ton souci d'apporter l'information que tu as sur la personne qui a agressé ton amie me paraît juste, mais il faut que cela puisse se faire dans la plus grande discrétion, tu le comprendras.*

La plus grande discrétion ? Non, je ne comprenais pas !

J'allai frapper au bureau de l'abbesse, que je trouvai fort agréablement occupée : sur sa table, quelques sachets de bonbons, des boîtes de dragées, un paquet de madeleines, un cake. Un bienfaiteur venait de lui en faire cadeau ; elle voulut m'offrir le tout.

Je ne lui répondis même pas et lui tendis la lettre, qu'elle lut entièrement. Un seul mot retint son attention : « discrétion ». Oui, il fallait faire preuve d'une extrême discrétion. D'ailleurs elle ne prendrait aucune décision avant d'avoir consulté l'avocat et le notaire qui devaient lui rendre visite dans la semaine. Elle avait tout de même réfléchi avec mère Anne, et toutes deux étaient arrivées à cette incroyable conclusion : elles n'accepteraient que je donne mon témoignage qu'à condition que je mente sur la description physique de l'individu. Un faux témoignage !...

Je partis très vite et m'effondrai sur mon lit. Mère Anne vint s'asseoir à côté de moi : « il ne fallait pas que cette histoire me rendît malade... et ce n'était pas une raison pour froisser mon habit ».

Je n'étais pas malade mais écœurée.

L'automne était de retour, avec ses premières gelées et ses jours plus courts. Commença alors une période de grande misère physique : je mangeais peu et vomissais souvent, je n'avais plus de règles. L'inquiétude de l'abbesse alla en grandissant et elle décida que je devais consulter un spécialiste. J'acceptai et me soumis à diverses radios. Rien à l'estomac ni à l'intestin, mais de nombreux calculs dans la vésicule. Le médecin me prescrivit un traitement de choc : pilules pour dissoudre les calculs et pilules pour ouvrir l'appétit.

Je m'étais rendue seule chez le radiologue (à quelques pas du monastère), mais l'abbesse avait tenu à assister à mon entretien avec le généraliste qui était venu assurer la consultation dans l'une des pièces de notre infirmerie.

Revint le temps du grand ménage. Le 1er novembre, nous échangeâmes l'habit d'été contre celui d'hiver. Nous entrâmes dans l'avent. Le monastère était devenu glacial et la pièce du noviciat particulièrement humide. Je la fuyais et allais au jardin ramasser les feuilles mortes que j'empilais ensuite dans de grands cartons remisés à la buanderie. Ces feuilles serviraient à protéger les plantes et les arbustes des gelées de l'hiver. Mes mains étaient gercées et crevassées, mais il m'était bien égal de souffrir. Les repas étaient composés uniquement de féculents que je ne supportais plus. Je ne mangeais guère, ce qui préoccupait Marie, qui me faisait force réflexions à voix basse, pendant le repas : « Mange, fais un effort, mange les yeux fermés, mange du pain si tu ne supportes pas le reste, force-toi, je t'en supplie... » Elle venait jusqu'au jardin me supplier de manger. Elle avait peur que je ne pusse rester au couvent. Elle ajoutait souvent qu'elle avait besoin de moi, que je lui avais ouvert des horizons nouveaux. Parfois, elle pleurait.

Puisque je mangeais peu, notre mère me chargeait de lire pendant la plus grande partie du repas de midi. Encore et toujours des vies de saints ; chaque fois que je reprenais le récit, je m'arrangeais pour sauter quelques pages. Trop absorbées par le contenu de leur assiette, les sœurs ne s'apercevaient de rien, ou alors elles ne le disaient pas. Au moment du dessert, je passais le livre à Dominique, qui achevait la lecture. Je retournais alors à ma place manger quelques pommes de terre à l'eau, puis notre mère donnait le signal de la fin du repas.

Depuis que j'étais novice, deux tâches supplémentaires m'avaient été attribuées : sonner la cloche de la chapelle avant les offices et lire les épîtres à la messe, les passages de l'Ancien Testament et les répons à l'office des lectures. Ce fut mère Anne qui m'apprit à sonner la cloche selon les moments de la journée.

Maintenant, comme toutes les sœurs, je participais au chapitre. Il avait lieu une fois par mois. Après les vêpres, nous nous rendions deux par deux dans la salle communautaire. Là, debout sur deux rangs, nous nous tenions face à la mère, seule sous le crucifix.

Après une prière d'invocation, nous faisions, de la plus jeune à la plus âgée, notre coulpe. Une fois sa propre coulpe achevée, la mère prenait la parole. Après divers commentaires relatifs aux fautes que nous avions avouées, elle concluait par quelques mots d'encouragement.

Cécile resta silencieuse plusieurs semaines, puis elle rappela. C'était vers la fin du mois de novembre. L'abbesse ne quitta pas la pièce, ce qui me gêna considérablement.

La voix de Cécile me parvint, insistante : avais-je fait le nécessaire ?.... Comment, non ?... Quels problèmes ?.... Obligée d'attendre ?...

Elle ne comprenait pas le pourquoi de mes réticences, et la présence de l'abbesse m'empêchait de m'expliquer. Elle raccrocha sèchement. Je me tournai alors vers l'abbesse, qui, avant que j'aie pu ouvrir la bouche, m'interdit à nouveau toute déposition. Je ne pouvais rien faire contre sa volonté.

Quinze jours plus tard, alors que je me trouvais avec mère Anne, la cloche de la porte de clôture se mit à sonner frénétiquement. C'était plutôt rare, en général on n'entendait que trois ou quatre petits coups discrets, afin d'avertir la mère d'une visite. Nous apprîmes bientôt qu'il s'agissait de la visite impromptue de l'évêque. Quel motif impérieux l'avait fait se déplacer ? Résidant à une centaine de kilomètres, il ne nous rendait visite que rarement et jamais à l'improviste. Mère Anne quitta le noviciat avec un air sincèrement paniqué.

Une demi-heure plus tard, notre mère arriva au noviciat, essoufflée et énervée, et me fit part du désir de l'évêque de s'entretenir avec moi. Je commençais à comprendre que tout cela devait avoir un rapport avec Cécile. Je me rendis au parloir le cœur battant et, après quelques paroles de politesse, l'évêque m'expliqua l'objet de sa visite : devinant le refus réitéré de l'abbesse de me laisser témoigner, Cécile avait eu recours à la voie hiérarchique et lui avait écrit une lettre directe et sans concession. Elle exigeait ma déposition et, en cas de refus, était prête à rendre publique l'attitude du monastère ; elle n'hésiterait pas à se servir de la presse et parlait même de s'appuyer sur l'action de groupes féministes.

La chose pouvait aller loin, et l'évêque était visiblement inquiet. Il me demanda quelques détails supplémentaires, et je lui parlai de Cécile, de notre amitié et d'une certaine démarche commune.

Il me laissa parler sans m'interrompre et me donna la permission d'écrire tout de suite à l'inspecteur, et même de me rendre au commissariat de B. si nécessaire. J'avais donc obtenu ce pour quoi je luttais et me rongeais depuis plusieurs semaines. Je pris à peine le temps de remercier l'évêque et me précipitai au bureau. L'abbesse était dans une telle colère que je m'esquivai sans tarder, prétextant la lettre à écrire à l'inspecteur.

L'inspecteur de police réagit très vite. Notre premier contact fut téléphonique et il me demanda un maximum de renseignements, que je lui donnai sous le regard furieux de l'abbesse qui se tenait à côté de moi. Au bout d'une demi-heure de conversation, il conclut en me disant qu'il allait commencer par m'envoyer des photos de suspects que je devrais examiner avec la plus grande attention. Il me confirma également qu'une autre femme avait été violée par le même individu. Il termina en disant qu'il resterait en contact avec moi et me demanderait peut-être de me déplacer.

A présent, je sentais que tout était possible, et, pour la première fois depuis longtemps, j'eus l'impression d'être libre. Ma vie intérieure s'en trouva nettement améliorée et je remerciai Dieu d'avoir permis que la situation se débloquât.

Sœur Marie-Jeanne, quatre-vingt-dix ans

Enfant de paysans de la région de A. Elle alla peu à l'école et assuma très tôt les travaux des champs et de la ferme. Ses parents étaient croyants et elle aimait lire la Bible.

Elle entra chez les clarisses à vingt et un ans. Elle s'occupa beaucoup du jardin, des légumes et des fleurs. Dans ce domaine, tout lui réussissait, les fleurs sortaient de ses mains comme par enchantement. La lecture de la Bible resta son plus grand plaisir. Elle la lut tant et tant qu'elle en connaissait de nombreux passages par cœur. Même âgée, même malade, elle conserva jusqu'au dernier jour un regard plein de tendresse et de malice.

Décembre

Le mois de décembre était arrivé, et les jours passèrent vite entre quelques activités au jardin et la confection des icônes qui se vendaient toujours très bien au parloir. Les dons recommencèrent à affluer au monastère (boîtes de chocolats, confiserie fine, etc.).

Je passais beaucoup de temps avec mère Anne à parler de ma recherche. Parfois, elle me lisait un paragraphe du livre qu'elle avait en cours et je l'écoutais avec attention. En revanche, moi, je ne lisais plus. Mère Anne l'avait bien remarqué, mais elle évitait de m'en parler de peur que la polémique ne reprît. Il faisait très froid, mais, comme l'année précédente à pareille époque, il n'était pas question d'allumer le chauffage. Sœur Dominique faisait de violentes crises de nerfs et son agressivité en faisait souffrir plus d'une.

Dominique était pour moi un véritable problème. Elle avait à mon égard une attitude de perpétuelle provocation. Ainsi, quand elle était réfectoriaire (une semaine sur sept), elle refusait de me servir et passait devant moi comme si je n'existais pas. Les sœurs ne pouvaient l'ignorer, mais comme il était interdit de se lever et de parler pendant le repas, je jeûnais et me contentais de pain, matin, midi et soir. Notre mère résolut la question à sa manière : elle me suggéra d'offrir ce jeûne pour que cesse la faim dans le monde.

Entrais-je dans son raisonnement ? Peut-être, puisque ces semaines sans nourriture me mettaient dans un état extraordinaire : je me sentais légère, transportée d'allégresse, je priais tout le temps, persuadée que par ma faim j'aiderais Dieu à construire un monde meilleur.

A partir de la mi-décembre, je ne quittai plus guère le noviciat. Le jardin était au repos et Marie m'avait donné de nouveaux chants à copier. J'avais un peu peur que le froid et le jeûne fréquent ne me fissent perdre mes forces et qu'en cas de gros travail, comme couper du bois, je ne pusse plus assumer ma part. Mais je me sentais intégrée à la vie communautaire et relativement confiante en l'avenir.

La semaine précédant Noël, Marie eut la permission de venir au noviciat afin de répéter avec moi les chants liturgiques. Pendant ce temps, les deux mères étaient en général occupées au parloir.

Marie était toujours inquiète à mon sujet ; elle

me le dit, tout en précisant (était-ce pour me rassurer ?) que mon teint si pâle me donnait encore plus de transparence. Elle ajouta même qu'elle me trouvait si rayonnante que « je finirais par devenir sainte ». Je n'aimais pas qu'elle me tînt des propos de cette sorte.

La journée du 24 décembre fut essentiellement consacrée à la répétition des chants de la messe de minuit et du jour de Noël.

La veillée commença à 20 heures, l'homélie du prêtre fut belle et profonde. En signe de fête, le grand silence fut levé, et, devant un bol de chocolat chaud, nous eûmes le droit de parler au réfectoire.

Le lendemain matin, mère Anne me demanda de l'aider à répartir les friandises reçues pour Noël et de choisir avec elle les personnes (médecin, dentiste, maire...) auxquelles elles seraient offertes. Jusqu'au moment de la messe, je collai une étiquette sur chaque boîte et y inscrivis le nom du destinataire ; les pâtes de fruits et les bonbons étaient réservés aux dames : Mme X, épouse de..., tandis que les plus petites boîtes furent étiquetées au nom de chaque prêtre. Les quelques livres qui nous avaient été offerts seraient également réofferts par la suite.

Après la messe, j'allai me réchauffer au jardin.

Il y faisait moins froid que dans les bâtiments, et je pouvais y alterner marche rapide et marche lente. Marie m'y retrouva, et nous parlâmes de l'homélie jusqu'à l'heure de sexte. Le déjeuner fut copieux : dinde, pommes de terre, salade et bûche. Le tout offert par un ami du monastère.

Pendant la récréation, la mère distribua le courrier qu'elle avait retenu depuis le début de l'avent et donna deux dragées à chacune. Puis, elle se mit à énumérer toutes les visites qu'elle avait accueillies, ainsi que les dons en nature. Elle me tendit ensuite une dizaine de lettres, reçues d'autres communautés de clarisses ou de personnes amies, qu'elle me pria de lire à haute voix.

Je passai le reste de l'après-midi dans ma cellule, répondant au courrier qui m'avait été adressé. Le manque total de chauffage engourdissait mes doigts au point que tout effort était douloureux.

Le repas du soir fut très léger, ce qui fut d'ailleurs sans importance, les excès de midi ayant rendu malade la plupart des sœurs.

Les jours suivants, je me remis au collage des icônes. J'étais obligée de m'interrompre sans cesse, car, pour lutter contre le froid, je devais me lever très souvent pour arpenter le noviciat pendant quelques minutes avant de me rasseoir.

Début janvier, notre mère décida de me confier

un travail nouveau : commencer la comptabilité de la communauté. Elle précisa qu'il s'agissait là d'une très grande faveur, dans la mesure où j'aurais ainsi accès à des questions tout à fait confidentielles, comme le prix du pain d'autel, celui du lavage des aubes ou le montant des dons en espèces.

Je profitai de l'entretien qu'elle m'avait accordé pour soulever une fois de plus le problème des cours, auxquels je n'avais pas renoncé : non, ce n'était toujours pas possible, et toujours pour les mêmes raisons. Je n'insistai pas, lui demandant simplement quand je pourrais commencer mon nouveau travail : une fois que tout le courrier des vœux serait achevé, c'est-à-dire au début de la seconde quinzaine de janvier.

Elle s'inquiéta aussi de ma santé. Le traitement suivi était-il efficace ? Oui, puisque je n'avais plus de nausées. Je continuais à maigrir, mais nous convînmes d'attendre encore avant d'envisager un autre traitement.

La persistance du froid et de l'humidité rendait les sœurs désagréables, particulièrement sœur Dominique et sœur Saint-François. Ainsi, Dominique sortait de table au milieu du repas en claquant la porte du réfectoire ; elle n'assistait plus ni aux offices ni aux récréations et, certains jours, s'en allait pleurer de rage dans le bureau de l'abbesse. Sœur Saint-François refusait de participer aux offices à cause des courants d'air du chœur. Quant à Marie-Véronique-de-la-Croix, elle souffrait tant des genoux qu'elle marchait avec difficulté et pleurait constamment. Nous étions toutes enrhumées, et la qualité des offices s'en ressentait. Mais l'abbesse ne se décidait toujours pas à allumer le chauffage. Il m'arrivait aussi de pleurer, surtout le soir dans ma cellule, lorsque le froid m'empêchait de trouver le sommeil. Mais dans la journée j'essayais de faire contre mauvaise fortune bon cœur et parvenais à cacher mes larmes. Lorsque je croisais sœur Catherine dans un couloir, elle me disait que j'étais une bonne religieuse parce que j'arrivais à garder le sourire malgré le froid.

Je lui répondais par un sourire, en pensant qu'une bonne religieuse, c'était tout de même un peu plus que cela.

Sœur Marie-Hélène, quatre-vingt-dix ans

Ne parle pratiquement plus. Ne peut plus suivre le rythme de la communauté. Arrive toujours en retard aux offices. N'a plus de tâche définie. Sœur Marie-Hélène semble survivre.

Déposition à B.

En janvier, l'inspecteur me téléphona pour me demander de me rendre à B. Au point où en était arrivée l'enquête, il avait besoin de moi pour certains détails et éventuellement pour établir un portrait-robot. Il termina en me disant qu'il comptait beaucoup sur ma collaboration et ajouta que depuis notre dernière conversation deux femmes de plus avaient été violées dans les mêmes circonstances que Cécile. L'abbesse commença par refuser de me laisser sortir. Je lui fis alors calmement remarquer que j'avais l'autorisation de l'évêque et que si je m'étais adressée à elle, c'était simplement pour l'informer. Je me rendrais donc à B. le lendemain même. Elle se contenta d'acquiescer de la tête.

J'appelai Cécile, et nous nous mîmes d'accord pour nous retrouver tôt le lendemain matin, ici, au monastère, où elle viendrait me chercher. En revanche, je rentrerais seule par le train. Pendant la récréation, l'abbesse expliqua aux sœurs que je partais consulter un médecin. Elle n'en était plus à un mensonge près. Mais cela m'était bien égal ! Elle me demanda d'échanger mon voile blanc de novice contre le voile noir, qui « ferait plus sérieux », et m'interdit de passer la nuit chez Cécile, au cas où mon entretien au commissariat devrait se prolonger. Il me faudrait revenir, même en pleine nuit ; la sœur externe veillerait jusqu'à mon retour. Ce n'est qu'ensuite qu'elle me donna l'argent nécessaire à mon billet de train, ainsi qu'un paquet de bonbons. En sortant du bureau, je ressentis la nécessité de confier à Marie la vérité sur mon absence. Elle aussi restait opposée à mon témoignage, et aucun de mes arguments ne put la convaincre. Cela me fit mal.

Comme convenu, je retrouvai Cécile le lendemain matin. Elle était accompagnée d'une de ses amies que je ne connaissais pas. Cécile me demanda si j'avais envie de conduire ; je lui répondis que non : c'était si loin déjà, conduire... Elle me dit qu'elle avait rapidement compris que la mère s'opposait à mon témoignage. Elle me parla de l'enquête, des autres femmes agressées par le même homme. Sans doute avait-elle compris que je ne voulais pas parler de moi ni du monastère.

A l'appproche de B., je me sentis profondément bouleversée. Étais-je si peu détachée de tout ce qui avait été ma vie d'« avant » ? Je chassai rapidement cette question et je fus presque heureuse lorsque je me retrouvai dans les locaux du commissariat central, où je restai toute la matinée. J'étais nerveuse et fumai cigarette sur cigarette, ce qui étonna quelque peu le jeune inspecteur qui m'interrogeait.

J'espérais beaucoup que mon témoignage servirait à démasquer l'odieux individu. Cécile vint me chercher vers midi pour m'emmener chez un couple d'amis. Pendant le repas, nous parlâmes surtout de la difficulté de vivre en milieu clos. Frédérique et Joël étaient militants politiques et connaissaient bien les problèmes de la vie en petits groupes fermés. J'essayai de leur expliquer ma vie, en minimisant les problèmes et en idéalisant beaucoup. Je mentais, mais personne n'était dupe.

Avant de me ramener à la gare, Cécile me conduisit dans les grandes artères de B. A nouveau je fus assaillie de sentiments contradictoires, à la fois heureuse et malheureuse. Avant de me quitter, Cécile m'acheta des revues et une cartouche de cigarettes.

Mère Anne et l'abbesse m'attendaient derrière la porte de clôture ; elles voulurent « tout » savoir et me pressèrent de questions : l'entretien ? l'inspecteur ? et Cécile, n'avait-elle pas critiqué trop vivement le monastère ? Elles étaient l'une comme l'autre très congestionnées. Elles furent déçues, car je restai évasive, disant simplement que tout s'était bien passé. J'allai m'asseoir un long moment au chœur et c'est là que je fis le bilan de ma journée.

Le lendemain, l'abbesse raconta aux sœurs que le médecin que j'avais vu à B. m'avait trouvée en bonne forme et m'avait simplement conseillé de poursuivre le traitement prescrit par notre généraliste. Je ne fus plus surprise par la facilité avec laquelle elle mentait.

Marie me posa à peu près les mêmes questions que notre mère. Vraiment, les religieuses ne devaient pas avoir la conscience tranquille, pour être à ce point inquiètes de l'opinion d'autrui sur leur comportement. Je lui répondis que Cécile ne portait pas de jugement sur l'attitude de notre mère dans cette affaire, mais qu'elle était très déçue par le manque de charité qu'elle constatait. Marie sembla à la fois triste et soulagée.

Fin janvier, le thermomètre tomba en chute libre ; tous les maux du monde accablant les sœurs, la mère se décida enfin à allumer le chauffage, mais dans certaines pièces seulement. Dès que la température atteignit 12 degrés, sœur Saint-François revint aux offices. Dominique, qui estimait que c'était trop peu, allumait tous les radiateurs de toutes les pièces, obligeant l'abbesse à

Sœur Marie-Bernard, cinquante-six ans,
sœur externe

Elle vient d'un autre monastère de clarisses, qui a connu le problème de la dispersion de ses sœurs à cause de leur trop petit nombre.

Sœur Marie-Bernard est sœur externe, c'est-à-dire non soumise à la clôture et chargée des relations avec le monde extérieur. Elle s'occupe aussi de catéchèse et est heureuse de faire découvrir Dieu aux enfants de la paroisse.

Elle est de santé très fragile, tous les organes de son appareil digestif étant malades. Elle n'aide jamais l'autre sœur externe — sœur Germaine — à faire le ménage du bâtiment extérieur, parce qu'elle est allergique à la poussière. C'est là une source de contestation permanente entre les deux religieuses, qui se plaignent à tour de rôle auprès de l'abbesse du comportement de l'autre. La mère doit souvent intervenir pour rééquilibrer les tâches.

Sœur Marie-Bernard est agréable d'aspect, petite et mince, toujours propre. Elle a un beau sourire heureux.

Un mur d'incompréhension

Ce jour-là, je fus incapable de vivre normalement, incapable de prier, incapable de manger, et, quand vint l'heure de la récréation, je demandai à mère Anne la permission de ne pas y participer. Naturellement, elle me questionna et je décidai de commencer par me confier à elle.

Je lui avais déjà raconté l'histoire de la « visite nocturne » ; je la lui rappelai avant de lui faire part de ma conversation avec Agnès. Elle n'intervint pas une seule fois pendant mes longues explications, et je fus réellement stupéfaite lorsque, d'une voix sèche, elle balaya mes illusions, affirmant tout simplement que le viol de Cécile n'était qu'une « juste punition envoyée par le Seigneur » et que rien ne prouvait qu'il s'agît du même individu. Et elle conclut, tandis que la cloche annonçait l'office : « Tu n'as pas à témoigner, puisque, de toute façon, à toi il n'a rien fait. »

Agnès, qui était restée à l'hôtellerie, attendait

pour connaître ma résolution, et nous nous retrouvâmes au parloir. Je lui dis qu'aucune décision n'avait encore été prise au niveau du monastère, mais lui promis à nouveau que je ferais l'impossible pour Cécile. Avant de partir, elle me laissa deux *Express* et un *Nouvel Observateur.* Elle me dit aussi qu'elle avait trouvé les offices très beaux.

Agnès partie, je retournai au noviciat pour y attendre l'abbesse, dont j'avais obtenu un rendez-vous. Je m'installai face à mère Anne et feuilletai les revues. Je n'arrivais pas à m'intéresser aux articles et fixais mère Anne sans arrêt. Elle me pria de cesser de la dévisager et me répéta que la seule chose que l'on pût faire pour Cécile était de prier pour elle et pour le repos de son esprit.

La mère ne tarda pas et m'emmena dans son bureau. Je lui répétai alors tout ce que j'avais déjà appris à mère Anne, en insistant sur l'importance de mon témoignage. Elle adopta immédiatement une attitude négative, m'avisant qu'elle ne m'autoriserait ni à écrire ni à téléphoner à l'inspecteur chargé de l'enquête. Et, de toute façon, pour une question aussi délicate, elle devait demander conseil à des « personnes avisées ». J'allais protester, lorsqu'elle ajouta, pensant avoir trouvé un argument de poids, que, Cécile n'étant pas vierge, le viol qu'elle avait subi n'était pas « si grave que ça ». Pour conclure, elle affirma que, si elle était enceinte, ce ne serait pas un problème, ses parents passer derrière elle pour les éteindre. Alors Dominique se mettait aussitôt à pleurer et retournait se coucher. Elle était de plus en plus désagréable avec moi, multipliant les mesquineries, comme de changer les repères des pages lorsque je devais lire à haute voix à la chapelle. Elle ne me servait toujours pas lorsqu'elle était réfectoriaire. Je ne disais rien, puisqu'il fallait être patiente avec elle, mais c'était difficile.

L'abbesse me parla à nouveau de la comptabilité. Je proposai de commencer ce travail par un bilan et une ouverture de plan comptable pour nos fournisseurs et clients. Elle dit être d'accord. Pourtant, elle ne se décida jamais à me donner le prix d'achat des fournitures, le prix de vente du pain d'autel, de la broderie, la rémunération demandée pour le lavage des aubes, etc. Ayant absolument besoin de tous les éléments, j'insistai pour les connaître. Se déroula alors un étonnant dialogue : je devais faire une comptabilité dont on ne me donnerait pas les éléments, car ils étaient « confidentiels ». Plus tard, Marie m'avoua que notre mère avait regretté sa proposition de me confier la comptabilité, car elle ne voulait pas que je connusse le montant des bénéfices réalisés sur les travaux, ni la valeur des dons en espèces. Elle avait peur, précisa Marie, que je ne fusse choquée par l'importance des sommes reçues. Nous ne parlâmes plus jamais de la comptabilité.

Sœur Marie-du-Sacré-Cœur,
quatre-vingt-sept ans

Fille d'une famille paysanne pauvre. Elle fréquente peu l'école et doit assumer les soins de la maison. A peine sortie de l'adolescence, elle est placée comme femme de ménage chez un poète chrétien.

Sa famille est très pieuse et ne fait aucune objection lorsqu'elle lui annonce qu'elle sera clarisse. Elle choisit le monastère de A. parce qu'il n'y a pas d'autres ordres contemplatifs dans la région proche. Elle a vingt et un ans.

Très adroite et méticuleuse, elle se voit confier les travaux d'aiguille les plus délicats : confection des dentelles pour le linge d'autel, repassage des surplis. Lorsque ses yeux ne lui permettent plus de réaliser ces travaux, elle est chargée du rangement du pain d'autel dans la salle communautaire.

Elle est très maigre et toujours souffrante. La mauvaise alimentation ne lui convenant pas, elle mange un minimum. Jamais elle ne se plaint, car elle souffre pour Dieu. Elle parle peu, s'exprime surtout par un regard toujours lumineux.

La consultation

Depuis mon entrée au monastère, l'abbesse s'était toujours inquiétée de ma santé. Aussi, lorsqu'elle me vit devenir très maigre, décida-t-elle de prendre un rendez-vous chez un médecin spécialiste, ami de la communauté, installé à P.

Persuadée que cette consultation ne servirait à rien, je commençai par refuser, mais la mère insista tant que je finis par accepter.

J'aurais mille fois préféré me rendre seule à P., mais elle voulut m'accompagner. J'avais peur : il me semblait qu'elle désirait manipuler mon corps comme elle essayait de manipuler mon esprit. J'obtins cependant la promesse qu'elle resterait dans la salle d'attente pendant la consultation.

Nous partîmes en train, et, pendant tout le voyage, indifférente au paysage qui défilait devant mes yeux, je récitai la « prière de Jésus ». J'étais angoissée, mal à l'aise, comme si je pressentais un événement particulièrement grave.

En effet, une fois de plus, l'abbesse ne tint pas sa promesse : lorsque le médecin ouvrit la porte de son cabinet, elle se précipita afin d'assister à la consultation. J'étais si choquée que je restai sans voix et sans réaction.

Le médecin commença par me peser : quarante kilos, à peine, pour un mètre soixante-cinq. J'étais vraiment sur une mauvaise pente. A la question que posa le médecin sur mon alimentation, l'abbesse s'empressa de répondre que je refusais de manger ce que l'on me servait, ce qui n'était vraiment pas raisonnable. Elle m'empêcha de parler, et comme je ne voulais pas provoquer de scandale, je me tus. Le médecin ne répondit rien aux justifications de l'abbesse, se contentant de me prescrire une série de piqûres.

Dès que l'abbesse et moi nous retrouvâmes seules dans un compartiment, j'explosai, lui reprochant de m'avoir menti et frustrée d'un entretien dont j'aurais pu retirer le plus grand bienfait. Je n'avais rien pu dire, je ne guérirais donc pas. J'employai un mot qui la choqua violemment en affirmant qu'elle n'avait pas le *droit* de disposer ainsi de ma personne. A son tour, elle se mit en colère : elle avait besoin de savoir ce dont je souffrais, elle était ma mère spirituelle, elle se faisait un immense souci pour moi. Je rétorquai du tac au tac : oubliait-elle vraiment que nos repas étaient toujours déséquilibrés et le plus souvent infects ? que presque toutes les sœurs étaient malades et ne tenaient que grâce à une impressionnante consommation de médicaments ? Ne voyait-elle pas que Dominique « oubliait » de me servir, m'imposant régulièrement un jeûne de plusieurs jours ? C'était un dialogue de sourds.

Le reste du trajet s'effectua dans le silence le plus complet, mais je pleurai en expliquant à mère Anne, dès mon retour au monastère, ce qui venait de se passer. Je répétai la promesse non tenue, la consultation expédiée et la discussion dans le train. Je sentais que quelque chose venait de se briser en moi. Je n'avais plus confiance en elles, je ne les croyais plus. Ruisselante de larmes, je confiai à mère Anne que « c'était fini », que je ne pouvais plus rester à A., que j'étais sûre maintenant que jamais rien ne changerait, que j'avais épuisé toutes mes forces et que je ne voulais plus me battre. Mère Anne, qui avait toujours fait des efforts pour me comprendre, pleurait avec moi. Elle essaya pourtant de me calmer : il ne fallait pas partir sur un coup de tête, le Seigneur me voulait à A., dans ce monastère et pas dans un autre, je devais persévérer, prier, la Lumière reviendrait.

Paroles vaines... Aucun argument ne pouvait plus m'atteindre et ses paroles ne me parvenaient que comme un bourdonnement. Elle me quitta complètement prostrée et revint quelques minutes plus tard accompagnée de l'abbesse. J'eus un mouvement de recul lorsque cette dernière me tendit les bras pour un geste de réconciliation. Elle me dit qu'elle m'aimait, qu'elle voulait tant de choses pour moi ; elle savait que j'étais faite pour la vie religieuse, que le Seigneur m'avait donné la vocation et qu'il m'avait protégée d'un viol, alors que Cécile... Et puis elle ne voulait pas, au cas où je quitterais la vie religieuse, que le Seigneur eût à me punir comme il avait puni Cécile... Je la considérai avec des yeux exorbités : pensait-elle me faire peur avec d'aussi bas arguments ? Et comment pouvait-elle, elle, la supérieure d'un monastère, elle qui devait être un modèle de charité chrétienne, les utiliser ? Il fallait vraiment que je parte si je voulais conserver le peu de santé qui me restait.

Avant de me quitter, elle me conseilla d'écrire au père Marc : lui saurait m'éclairer, puisque je n'étais plus capable de reconnaître seule les grâces de Dieu. Enfin, et de la manière la plus inattendue, elle m'annonça qu'elle allait commander les cours de théologie, histoire de me changer les idées.

Les cours ? Trop tard, lui répondis-je. Je ne désirais plus qu'une chose : m'en aller. Incapable de demeurer au chœur pour prier, je passai le reste de la journée à arpenter le jardin. Le soir même, par une lettre détaillée, j'expliquai au père Marc les raisons qui m'avaient amenée à vouloir quitter la vie religieuse.

La réponse du moine ne me déçut pas. Bien sûr, il regrettait ma décision mais ne portait pas de jugement. Il me demanda simplement de continuer à réfléchir, parce qu'il me savait « entière et excessive », et qu'il redoutait un coup de tête.

Mais ce n'était pas un coup de tête.

Les jours passèrent vite. J'avais commencé les soins prescrits et Marie-Véronique me faisait une piqûre chaque jour, après le partage d'Évangile (où je ne m'enflammais plus comme au début). Elle accompagnait toujours ses soins de toutes sortes de commentaires : tu as les cuisses comme des allumettes, et elle montrait les siennes, musculeuses, sans doute pour me convaincre de sa force et de sa bonne santé ; en effet, quatre-vingts kilos pour un mètre cinquante-huit...

Le temps du carême était revenu. Marie venait souvent me rendre visite au noviciat, et mère Anne nous laissait seules en général. Je lui fis part de mon irrévocable décision. Elle me demanda : « Quand ? » et je lui répondis : « Après Pâques. » Elle en fut très malheureuse et pleura beaucoup.

Toutes les sœurs remarquèrent son chagrin, mais aucune ne lui posa de questions. Marie pensait que si le Seigneur avait permis notre rencontre, c'était pour que nos vies fussent à jamais unies. Moi aussi, j'avais beaucoup de chagrin.

Pâques et discipline

Fin mars intervint un événement qui, auparavant, m'aurait paru important : les cours pour lesquels j'avais tant lutté allaient arriver. L'abbesse les avait enfin commandés. Pensait-elle ainsi me faire changer d'avis ? Je lui ôtai immédiatement toute illusion, en lui disant que je désirais partir juste après les fêtes de Pâques. Je souhaitais célébrer la résurrection du Seigneur ici, afin de trouver la force et le courage de renaître à une vie différente, une fois partie.

Elle chercha encore à me retenir, essayant de me persuader que je ne pouvais pas partir... que ma place était ici... que les sœurs avaient trop besoin de ma présence, de ma jeunesse. Je la laissai aller au bout de ses arguments, puis, d'une manière définitive, je lui répétai que je partirais le premier vendredi après Pâques.

Les deux semaines qui suivirent cet entretien avec notre mère furent pour moi des semaines de tourment. Je ne pouvais m'empêcher de penser à ce qu'elle m'avait prédit, et mon état de faiblesse physique m'empêchait de réagir et de raisonner sainement. Dieu me punirait-Il ? Quelle serait ma place dans le monde ? Quelles seraient mes relations avec Dieu ? Il m'arrivait d'avoir réellement peur ; je guettais les bruits et ne parvenais plus à dormir. L'impression de trahir l'amour que Dieu me portait me culpabilisait. Revenait alors la lancinante question : était-ce toute ma vocation qui était remise en cause, ou simplement ma vie dans ce couvent ? Irais-je tenter ailleurs cette expérience qui se soldait ici par un échec ? Ou bien m'étais-je trompée de vocation dès le début ? J'essayais de me calmer en disant la « prière de Jésus », mais l'angoisse reprenait vite le dessus. Je n'arrivais à m'endormir qu'à l'aube et me rendais épuisée au chœur pour les premiers offices. Pendant le moment d'oraison, je m'allongeais face contre le plancher et, bien souvent, je ne pouvais résister au sommeil.

Enfin, la semaine sainte arriva. Comme il était de rigueur, le monastère vécut au rythme du grand silence et des longs offices.

A part Marie, aucune sœur ne connaissait ma

décision de partir, l'abbesse m'ayant interdit d'en parler à quiconque. Elle m'avait précisé qu'elle annoncerait elle-même et le plus tard possible ce qu'elle appelait ma désertion.

Le Jeudi saint, pendant la cérémonie du lavement des pieds, notre mère nous exhorta à rester fidèles à Dieu. J'y participai dans un état de tension extrême : la tête me tournait, j'avais sans cesse peur de défaillir. Comme chaque année, Marie-de-la-Providence voulut savoir à quelle heure était prévue la « cérémonie de la discipline ». Le regard de notre mère chercha le mien, puis elle baissa immédiatement les yeux et convoqua la sœur dans son bureau. Ainsi, la fameuse flagellation serait encore pratiquée cette année.

Une fois de plus, dès que nous nous retrouvâmes seules au noviciat, mère Anne tenta de m'expliquer cette pratique, qui devait être considérée comme « un acte d'amour », précisant que, si j'arrivais à l'admettre, j'aurais « tout » compris et n'aurais plus de raisons de partir. Alors pourquoi, dans le même élan, ne pas se crucifier ? Là, mère Anne réagit violemment, me priant de ne pas blasphémer. Moi, je ne voyais pas la différence : se faire souffrir, se tuer, cela ne participe-t-il pas d'un même désir de mort ? N'est-ce pas fondamentalement la même chose ? J'allai plus loin et les traitai de « sépulcres blanchis », de pharisiennes, ne vivant que par des gestes conventionnels, entourées d'objets inutiles qui pourraient faire le bonheur de vrais pauvres. Et j'énumérai les conserves qu'on laissait pourrir dans la dépense, le grenier encombré de matelas, de couvertures, de vêtements en bon état, etc. Mère Anne ne sut que me répondre, aussi cessai-je de parler. D'ailleurs je n'avais plus envie de me battre.

Le Vendredi saint à 5 heures et demie, j'entendis la crécelle, puis à 6 heures la cloche du chœur. Je me levai en songeant à ce que celles que j'appelais toujours mes sœurs venaient d'accomplir pour participer aux souffrances de Jésus. Je passai la matinée à lire le récit de la Passion, mais souvent mon esprit s'égarait. Lorsque je vis mère Anne, je lui demandai si elle s'était administré le fouet. Oui, elle l'avait fait. J'avais mal à la tête et mes jambes me portaient à peine. Une fois de plus, Dominique oublia de me servir à midi. Il y avait cinq jours que je n'avais mangé que du pain. L'après-midi, je m'évanouis à la chapelle pendant le chemin de croix et me réveillai allongée sur le carrelage du couloir près de Marie-Véronique. J'insistai pour retourner au chœur et participer à la fin de l'office. Ensuite, mère Anne vint m'apporter au noviciat un bol de lait chaud que je bus avec un réel plaisir. Elle proposa de rester avec moi pour me lire des passages d'Évangile. Je me sentais si faible que je devais faire un effort pour suivre, et je l'arrêtai souvent, car même entendre lire me fatiguait. J'étais de plus en plus malheureuse, je savais que je ne pouvais rester, mais j'avais de plus en plus peur de retrouver la vie extérieure, le bruit, les gens aussi. Il faudrait retrouver du travail, expliquer mon échec à tous ceux qui n'avaient pas compris mon choix, trouver un autre mode de relation à Dieu.

Pendant la veillée pascale, je me sentis à peu près bien. Nous chantâmes la résurrection du Seigneur à tous les offices, tout au long du dimanche. J'en oubliai presque totalement ma souffrance. Mais lorsque Marie vint me rejoindre au jardin, nous savions toutes deux qu'il s'agissait de la dernière fois. Marie, en véritable amie, ne cherchait plus à me retenir : « Que la volonté de Dieu soit faite, petite sœur. » Le déjeuner étant bon et abondant, les sœurs, comme de bien entendu, « gloutonnèrent ». Pendant la récréation de l'après-midi, l'abbesse distribua, avec les lettres, des bonbons et des œufs à la liqueur. Aucune à part l'abbesse, mère Anne et Marie, ne soupçonnait mon départ.

Je consacrai le reste de l'après-midi à rédiger mon courrier : à mes parents pour les avertir de ma sortie, à une amie pour lui demander l'hébergement, à Cécile pour reprendre contact.

Le lundi fut occupé par les comptes des quêtes des paroisses. La recette étant importante, j'y passai la journée. J'accomplissais tout de façon automatique, sans plus me poser de questions, l'esprit vide.

Le mardi, notre mère m'appela au bureau. Là, elle tenta un dernier et dérisoire effort pour me retenir. En effet, les cours que j'avais tellement désirés étaient arrivés. Elle les feuilleta devant moi, hésita et me les tendit en me faisant remarquer que, maintenant que j'allais pouvoir travailler comme je le voulais, je n'avais plus aucune raison de m'en aller. Elle n'avait donc rien compris. Et je n'allais plus rien expliquer. Je me contentai de la remercier en lui disant que je n'aurais que deux jours pour les consulter puisqu'il n'était pas question que je change d'avis.

J'évitai le jardin, où je risquais de rencontrer Marie. Je ne pouvais plus ni m'expliquer, ni me justifier, ni tout simplement discuter. Je restai avec mère Anne au noviciat. Je savais qu'elle ne m'obligerait pas à parler. Elle tricotait pendant que je reproduisais des icônes. Parfois, timidement, elle tentait : « Nous n'avons donc plus rien à nous dire ? » Je répondais non par un signe de tête et nous pleurions ensemble.

J'irai seule

Le jeudi, je m'occupai des questions matérielles de mon départ.

Je remplis ma valise de mes effets personnels et je confiai à mère Anne ma cithare, ma flûte et quelques livres que je prendrais plus tard.

Mère Anne parlait sans cesse. Mon sort l'inquiétait ; elle souhaitait que je me soigne le plus tôt et le mieux possible, elle espérait que le retour au « monde » ne serait pas trop pénible et me fit promettre d'écrire très souvent.

Ce fut elle qui m'indiqua mon emploi du temps du lendemain, jour du départ. Après la messe, j'irais déjeuner seule au réfectoire, où je trouverais le café dans une thermos. Ensuite je rejoindrais les sœurs dans la salle communautaire pour leur faire mes adieux. A partir de ce moment-là, je n'aurais plus le droit de les revoir. Dès que je me serais changée dans ma cellule, je devrais me rendre directement à la porte de clôture derrière laquelle m'attendrait un taxi. J'irais seule à la gare ; la sœur externe ne m'accompagnerait pas, afin d'éviter les éventuelles questions sur le chemin du retour.

Le jeudi soir, les sœurs furent convoquées dans la salle communautaire, après l'office des complies. Je les vis s'y rendre deux par deux, l'air étonné. Elles n'avaient visiblement aucune idée de ce que notre mère allait leur apprendre. Pour ma part, je me rendis dans ma cellule, où Marie vint me rejoindre peu de temps après. Par elle je sus que l'abbesse avait expliqué aux religieuses que je devais partir momentanément afin de me soigner ; mais je reviendrais dès que je serais guérie.

Encore un mensonge ; ne pouvait-elle pas dire la vérité à ses sœurs ? Jusqu'où avait-elle décidé de les leurrer ?

Marie me parla encore de sa peine et me promit de toujours prier pour moi, d'essayer de retrouver un équilibre après mon départ. Elle ne devait pas perdre sa sérénité. Je fus si heureuse de l'entendre parler ainsi que je l'embrassai.

Cette dernière nuit je dormis bien, enfin !

Le vendredi, au chœur, je fus incapable de lever les yeux et d'affronter le regard des sœurs. Comme convenu, je les retrouvai dans la salle communautaire, après un petit déjeuner solitaire. Elles s'étaient disposées en cercle et m'accueillirent avec émotion. Elles pleuraient. Je les embrassai toutes. Elles me souhaitèrent de guérir vite afin de revenir le plus tôt possible. Seule Dominique semblait heureuse de mon départ : elle m'embrassa en riant et me souhaita bonne chance, ajoutant qu'elle aussi aurait aimé quitter le couvent mais qu'elle se trouvait trop vieille. Elle précisa aussi, de façon inattendue, que si elle devait finir ses jours dans un monastère, ce ne serait sûrement pas celui de A. Notre mère lui ordonna de se taire. Quant à moi, elle m'enjoignit de regagner ma cellule.

J'avais hâte à présent d'en terminer et j'étais nerveusement à bout.

J'accrochai avec soin l'habit au portemanteau, posai le jupon, le voile, le bonnet et la corde sur le lit. Le jean que j'enfilai était bien trop grand et je dus le maintenir à la taille par deux épingles. Je commençai à redouter le moment où je me verrais dans un miroir. Je ne devais vraiment pas être belle : extrêmement maigre, un teint de cire sous des cheveux déjà gris. L'état de mes cheveux m'obligeait à me couvrir la tête d'un foulard.

Après un dernier coup d'œil à ma cellule, je retrouvai mère Anne dans le couloir. Elle me guida jusqu'à la porte de clôture où se tenaient notre mère et la sœur externe. J'embrassai mère Anne et l'abbesse. Sœur Germaine refusa de m'embrasser, se contentant de me tendre mon billet de train en précisant que ma place était réservée. L'abbesse, elle, me tendit une enveloppe contenant 2 000 francs ; cela m'aiderait, me dit-elle, pour mes débuts qui seraient peut-être difficiles. J'étais étonnée de cette attention et la remerciai sincèrement.

Ensuite, tout se passa très vite, le taxi, la gare, le quai. Je montai dans la voiture de tête et choisis une place non réservée.

RÈGLE DE SAINTE CLAIRE *

traduction littérale établie par l'Abbé F. Demore
chanoine honoraire de Marseille
1858

I. *Règle et vie des Sœurs pauvres et cloîtrées*

1. Ici commence la Règle et forme de vie des *Pauvres Sœurs*, que saint François a instituée et qui consiste à garder le saint Évangile de Notre-Seigneur Jésus-Christ, vivant en obéissance, sans rien de propre et en chasteté.

2. Claire, indigne servante de Jésus-Christ, et petite plante du bienheureux père saint François, promet obéissance et révérence à Notre-Seigneur Père le pape Innocent IV, à ses successeurs canoniquement élus, et à l'Église romaine. En outre, comme au commencement de sa conversion elle promit, avec ses sœurs, obéissance à saint François, ainsi elle la promet également et inviolablement à ses successeurs. De même, que les autres sœurs soient toujours tenues d'obéir aux successeurs de saint François, à la sœur Claire et aux autres abbesses qui lui succéderont et qui seront canoniquement élues en sa place.

II. *De la réception dans l'Ordre et des vêtements des religieuses*

1. Si quelqu'une, par l'inspiration divine, se présente à nous pour prendre cette forme de vie, que l'abbesse soit tenue de demander le consentement de toutes les sœurs, et puis, si la plus grande partie y

* Les communautés de sœurs clarisses obéissent à la Règle édictée par saint François d'Assise et sainte Claire, dont le texte est immuable même si les différentes traductions présentent des variantes stylistiques. Toutefois leur vie quotidienne est également régie par des « Constitutions ». Celles-là, régulièrement révisées, ont pour but d'adapter la Règle aux exigences du monde moderne et à l'évolution générale de l'Église.

consent, qu'elle puisse la recevoir avec la permission du cardinal notre protecteur. Mais si elle croit devoir l'agréer, qu'elle l'examine avec soin, ou qu'elle la fasse examiner sur la foi catholique et les sacrements de l'Église, si elle les croit tous fermement et si elle veut en faire une profession sincère et les observer aussi fidèlement jusqu'à la fin. En outre, si elle n'est point mariée, ou si son mari est déjà entré en religion par autorité de l'évêque diocésain, elle de son côté ayant fait préalablement vœu de continence, et si elle n'a aucun autre empêchement qui la détourne de l'observance de cette vie, si elle n'est pas trop âgée, sujette à quelque infirmité, ou d'un esprit faible, qu'on lui expose fidèlement la teneur de votre règle, et si elle est trouvée capable, qu'on lui propose la parole du saint Évangile, qu'elle aille vendre tous ses biens, et qu'elle tâche de les distribuer aux pauvres ; si elle ne le peut, la bonne volonté lui suffira ; mais que l'abbesse et les sœurs se gardent bien de s'inquiéter de ses biens temporels, afin qu'elle en fasse librement tout ce que le Seigneur lui inspirera. Toutefois, si elle leur demande conseil, qu'elles l'envoient à quelques hommes discrets et craignant Dieu, qui lui diront comment elle doit se comporter pour distribuer ses biens aux pauvres.

2. Puis, après que ses cheveux auront été coupés en rond, et qu'elle aura été dépouillée de ses habits séculiers, qu'on lui donne trois tuniques et un manteau, après quoi il ne lui sera plus permis de sortir sans une cause utile, manifeste et qui puisse être approuvée. L'année de probation étant finie, qu'elle soit reçue à l'obédience, promettant de garder à jamais notre vie et forme de pauvreté. Nulle ne doit être voilée pendant l'année de probation.

3. Que les sœurs puissent avoir aussi un manteau pour l'utilité du travail et pour le service, et que, d'ailleurs, l'abbesse pourvoie avec discrétion à leurs vêtements, eu égard aux qualités des personnes, aux lieux, aux temps et à la rigueur des climats, selon qu'elle le jugera nécessaire.

4. Quant aux jeunes filles qui auront été reçues dans le monastère au-dessous de l'âge compétent, qu'on leur coupe également les cheveux en rond, et qu'après leur avoir fait quitter l'habit séculier, on les revête d'un drap religieux, selon que l'abbesse le jugera à propos, et qu'ensuite, lorsqu'elles auront atteint l'âge convenable, elles soient vêtues comme les autres et fassent leur profession. En attendant, l'abbesse aura grand soin de leur donner à elles, ainsi qu'aux autres novices, une maîtresse qu'elle choisira d'entre les plus discrètes de tout le monastère, pour les instruire exactement dans une sainte conversation, des mœurs honnêtes et selon la forme de notre profession.

5. Quant à l'examen et à la réception des sœurs qui servent hors du monastère, qu'on observe la même règle. Elles pourront toutefois porter des chaussures. Qu'aucune ne réside avec vous dans le monastère, si elle n'a été reçue selon la forme de votre profession.

6. J'avertis encore mes sœurs, je les prie et je les conjure pour

l'amour du très saint et très aimé enfant, enveloppé de très pauvres et petits langes, gisant dans la crèche, et de sa très sainte mère, de se servir toujours de pauvres vêtements.

III. *De l'Office divin, du jeûne, de la confession et de la communion*

1. Les sœurs qui savent lire seront tenues à l'Office divin, selon l'usage des frères mineurs, dès qu'elles pourront avoir des bréviaires, et psalmodieront sans chanter. Que si l'une d'elles, pour une cause raisonnable, ne peut quelquefois réciter ses heures, qu'il lui soit permis de réciter l'office des *Pater*, comme celles qui ne savent pas lire doivent le faire. Or, celles-ci doivent réciter 24 *Pater* pour matines, 3 pour laudes, 7 pour chacune des petites heures, savoir : Prime, Tierce, Sexte et None, 12 pour vêpres, et 7 pour complies. Elles doivent aussi dire pour les défunts, à vêpres, 7 *Pater noster*, avec *Requiem aeternam*, et à matines, 12. Que les sœurs qui savent lire soient tenues de réciter l'office des morts, et en outre, quand une sœur de votre monastère mourra, qu'elles disent 50 *Pater*.

2. Que les sœurs jeûnent en tout temps, à l'exception de la fête de la Nativité de Notre Seigneur, dans laquelle elles pourront faire deux repas, quelque jour qu'elle arrive. L'abbesse pourra néanmoins, quand elle le jugera à propos, dispenser avec charité celles qui sont trop jeunes, qui sont faibles et qui servent hors du monastère. En temps de nécessité manifeste, que les sœurs ne soient point tenues au jeûne corporel.

3. Qu'elles se confessent au moins 12 fois par an, avec la licence de l'abbesse ; mais qu'elles prennent bien garde de ne mêler dans cette circonstance d'autres paroles que celles qui regardent la confession et le salut de leurs âmes. Qu'elles communient 7 fois dans l'année, savoir : le jour de la Nativité de Notre Seigneur, le Jeudi saint, le jour de Pâques, celui de la Pentecôte, celui de l'Assomption de la très sainte Vierge, celui de saint François et celui de tous les saints. Qu'il soit permis aux chapelains de célébrer dans l'intérieur du monastère pour communier les religieuses malades.

IV. *De l'élection de l'abbesse et officières*

1. Que dans l'élection de l'abbesse les sœurs soient tenues d'observer la forme canonique. Qu'elles fassent ce qu'elles pourront pour avoir avec elles le ministre général ou le provincial des frères mineurs, afin que, par l'autorité de la parole de Dieu, il les porte à être parfaitement unies et à ne chercher que l'avantage commun dans l'élection qu'on doit faire. Qu'aucune ne soit élue si elle n'est professe. Si on élisait ou instituait autrement une qui ne le fût point, que

les sœurs ne lui obéissent pas avant qu'elle ait fait profession de la forme de votre pauvreté. Si jamais, après l'élection de l'abbesse, la généralité des sœurs la reconnaissait incapable de gérer cette charge pour le bien du service de Dieu et leur avantage commun, qu'elles soient tenues d'en élire une autre pour abbesse et pour Mère, selon la forme ci-dessus indiquée, et le plus tôt possible.

2. Étant élue, qu'elle considère avec soin le fardeau qu'elle a assumé sur elle, et quel est celui à qui elle doit rendre compte du troupeau qui lui a été confié. Qu'elle s'applique aussi à commander aux autres plutôt par ses vertus et saintes mœurs que par sa dignité, afin que les sœurs, animées par son exemple, lui obéissent plus par amour que par crainte. Qu'elle se garde bien d'avoir jamais aucune amitié particulière, de peur qu'ayant trop d'affection pour quelques-unes, elle ne cause du scandale ou de la jalousie parmi toutes les autres. Qu'elle console les affligées, en sorte qu'elle soit leur dernier refuge, de peur que si elle ne remédie point à leurs maux, leur faiblesse ne les fasse tomber dans le désespoir. Qu'elle se conforme à la communauté en toutes choses, et surtout à l'église, au dortoir, au réfectoire, à l'infirmerie et dans les vêtements. Que sa vicaire soit obligée d'en faire de même.

3. Que l'abbesse soit tenue d'assembler ses sœurs en chapitre, au moins une fois la semaine ; et là, tant elle que ses sœurs, qu'elles confessent humblement leurs coulpes et négligences publiques, et délibèrent sur les choses nécessaires au bien et à l'avantage spirituel du monastère ; car souvent le Seigneur révèle au moindre ce qu'il y a de meilleur. Qu'on ne contracte aucune dette essentielle que du commun consentement des sœurs, pour une nécessité manifeste, et cela par l'entremise du procureur. Que l'abbesse et ses religieuses se gardent de recevoir aucun dépôt dans le monastère ; car souvent il en résulte des troubles et des scandales.

4. Pour conserver aussi l'union et la paix avec la charité mutuelle, il faut que l'élection de toutes les dignitaires du monastère se fasse du commun consentement de toutes les sœurs, et qu'on choisisse de la même manière, au moins huit sœurs des plus discrètes, dont l'abbesse sera toujours tenue de prendre conseil dans ce qui concerne la forme de votre vie. Les sœurs pourront également et même devront déposer et changer les dignitaires et les discrètes, quand elles le jugeront utile et avantageux.

V. *Du silence et de la manière de parler au parloir et à la grille*

1. Que les sœurs gardent le silence depuis l'heure de complies jusqu'à tierce, à l'exception de celles qui servent hors du monastère, et qu'elles le gardent aussi continuellement dans l'église et dans le réfectoire pendant qu'elles prennent leur nourriture. Quant à l'infir-

merie, les sœurs pourront toujours y parler avec discrétion pour la récréation et le service des malades. Elles pourront aussi toujours et partout dire brièvement à voix basse ce qui sera nécessaire.

2. Qu'il ne soit pas permis aux sœurs d'aller au parloir ou à la grille sans la permission de l'abbesse ou de sa vicaire. Que celles qui l'auront obtenue n'osent pas aller au parloir, si ce n'est en présence de deux sœurs qui les entendent ; mais quant à la grille, qu'elles ne présument point d'y aller sans être accompagnées au moins de trois sœurs députées par l'abbesse ou par la vicaire et choisies entre les discrètes qui auront été élues par toutes les sœurs pour le conseil de l'abbesse. Que l'abbesse et sa vicaire soient tenues de garder autant que possible ce mode de parler. On le fera très rarement à la grille, mais jamais à la porte.

3. On mettra intérieurement derrière la grille un rideau, qui ne pourra être ôté que lorsqu'on annonce la parole de Dieu, ou qu'on veut dire quelque chose à quelqu'un. Qu'il y ait aussi une porte en bois avec deux ou plusieurs serrures, parfaitement jointe avec battants en fer et verrous, afin qu'elle soit fermée, surtout pendant la nuit, avec deux clefs, dont l'une sera entre les mains de l'abbesse, et l'autre entre les mains de la sacristine, et qu'elle demeure toujours fermée, si ce n'est quand on entend l'office divin ou pour les causes ci-dessus énoncées. Que nulle des sœurs ne parle aucunement à la grille avant le lever ou après le coucher du soleil. Quant au parloir, qu'il y ait toujours intérieurement un drap qui ne se lèvera point, et qu'aucune n'y parle pendant le carême de la Saint-Martin* et le grand carême, si ce n'est au prêtre, touchant la confession, ou pour une autre nécessité manifeste, dont la connaissance est soumise à la prudence de l'abbesse et de sa vicaire.

VI. *Comment les sœurs ne peuvent rien posséder*

1. Après que le Très-Haut Père céleste eut daigné éclairer mon cœur par sa divine grâce, afin que je fisse pénitence par l'exemple et la doctrine de notre bienheureux père saint François, peu de temps après sa conversion, je lui promis volontairement obéissance avec toutes mes sœurs. Alors le bienheureux père voyant que nous ne craignions aucune espèce de pauvreté, travaux, tribulations ni mépris du siècle, et que même nous regardions cela comme de souveraines délices eut compassion de nous et nous écrivit une règle de vie ainsi conçue :

« Puisque par une inspiration divine, vous vous êtes rendues filles du Très-Haut et souverain roi, le Père céleste, et que vous avez pris l'Esprit-Saint pour époux, en choisissant de vivre selon la profession

* C'est-à-dire depuis le lendemain de la Toussaint jusqu'au jour de Noël. (N.d.T.)

du Saint Évangile, je veux, et je vous le promets, avoir toujours pour vous, par moi et par mes frères, une sollicitude et une vigilance spéciales comme pour eux-mêmes », ce qu'il fit avec soin tout le temps qu'il vécut encore, et ce qu'il ordonna à ses religieux de faire exactement à leur tour.

2. Et afin que nous ne pussions jamais nous écarter de la très sainte pauvreté que nous avons choisie et que même celles qui viendraient après nous ne pussent l'ignorer, un peu avant sa mort, il nous écrivit de nouveau ses volontés dernières en ces termes :

« Moi, pauvre et chétif frère François, je veux suivre la vie et la pauvreté de notre Très-Haut Seigneur Jésus-Christ et de sa très sainte mère et y persévérer jusqu'à la fin. Je vous prie aussi, vous toutes que je considère comme mes dames, et vous conseille de vous conformer toujours à cette très sainte vie et pauvreté. Prenez bien garde à ne vous en écarter jamais en quoi que ce soit, et à n'écouter là-dessus ni conseils ni maximes contraires. »

3. Et comme nous avons été toujours soigneuses, mes sœurs et moi, de garder la sainte pauvreté que nous avons promise au Seigneur notre Dieu et à saint François, de même que les abbesses qui me succéderont en cette charge et toutes leurs sœurs soient tenues de l'observer inviolablement jusqu'à la fin, en ne recevant ou n'ayant aucune possession, propriété ou quoi que ce soit que l'on puisse appeler raisonnablement de ce nom, ni par elles, ni par personnes interposées, si ce n'est autant de terrain que la nécessité l'exige pour l'honnêteté ou le renouvellement du monastère, et encore que ce terrain ne soit labouré que pour le jardin nécessaire aux sœurs.

VII. *De la manière de travailler*

1. Que les sœurs à qui Dieu a donné la grâce du travail s'appliquent, après l'office de tierce, à des exercices convenables et qui puissent être d'une utilité commune, en s'y employant avec fidélité et dévotement, de sorte, néanmoins, que, chassant l'oisiveté, cet ennemi de l'âme, elles ne laissent jamais éteindre dans leurs cœurs l'esprit de la sainte oraison et de la piété, auquel doivent servir toutes les autres choses temporelles. Ce qu'elles auront fait de leurs mains devra être remis par elles dans le chapitre et en présence de toutes, à l'abbesse ou à sa vicaire*.

2. Que l'on observe la même règle par rapport à toutes les aumônes qui seront envoyées pour les besoins des sœurs, afin qu'on fasse

* Le mot *chapitre* ne doit pas se prendre ici dans son acception rigoureuse. Il signifie le lieu où l'on travaille en commun. Il est probable que, dans le monastère de Saint-Damien, si étroit et si pauvre, le même lieu servait et pour rendre compte du travail et pour les saintes pratiques auxquelles le *chapitre* est exclusivement destiné aujourd'hui. (N.d.T.)

d'abord quelque prière en commun pour les bienfaiteurs, et qu'ensuite ces choses soient distribuées, selon le besoin commun, par l'abbesse ou par sa vicaire, de l'avis des discrètes.

VIII. *De l'obligation de ne rien posséder en propre, et des sœurs infirmes*

1. Que les sœurs ne s'approprient rien, ni maison, ni local, ni toute autre chose, mais qu'elles servent Dieu comme pèlerines et étrangères ici-bas en toute pauvreté et humilité, faisant chercher l'aumône avec confiance. Il ne faut pas qu'elles en rougissent, puisque Notre Seigneur se fit pauvre pour nous en ce monde. C'est cette sublimité de la très haute pauvreté qui vous établit, mes très chères sœurs, héritières et reines du royaume céleste, vous rendant pauvres des commodités temporelles, pour vous ennoblir des vertus du ciel. Qu'elle soit donc le partage qui vous conduira dans la terre des vivants ; attachez-vous entièrement à elle, très chères sœurs, et pour l'amour de Notre-Seigneur Jésus-Christ, ne vous souciez jamais d'avoir sous le ciel aucune autre chose.

2. Il n'est permis non plus à aucune d'envoyer des lettres ni de recevoir ou donner quoi que ce soit hors du monastère, sans l'autorisation de l'abbesse. Pareillement, qu'aucune n'ait rien qui ne lui ait été donné ou permis par elle. Que si des parents ou autres personnes envoient quelque chose à une sœur, l'abbesse la lui fera donner, et alors, si cette sœur en a besoin, elle pourra s'en servir, sinon elle en fera part charitablement à une autre à qui elle serait nécessaire. Que si l'on donne quelque argent, l'abbesse, de l'avis des discrètes, s'en servira pour pourvoir la sœur de ce dont elle aura besoin.

3. Quant aux religieuses infirmes, que l'abbesse soit exactement tenue de veiller avec soin, par elle ou par les autres, à ce qui concerne tant les objets à leur usage, que leur nourriture et autres choses que requiert leur état de maladie, et d'y pourvoir, selon que le lieu le permettra, avec charité et miséricorde. Toutes doivent soigner et servir leurs sœurs infirmes, comme elles voudraient être servies elles-mêmes, si elles étaient malades. Aussi, que toutes se manifestent avec confiance l'une à l'autre leurs besoins mutuels ; car si une véritable mère aime et nourrit sa fille selon la chair, avec combien plus de soin une sœur doit-elle aimer et nourrir sa sœur spirituelle ! Que celles qui sont malades couchent sur des sacs et de la paille ; qu'elles aient pour leur tête un oreiller de plumes ; et que celles qui ont besoin de chaussons de laine et de matelas puissent également s'en servir.

4. Quand lesdites malades seront visitées par ceux qui entrent dans le monastère, elles pourront chacune répondre brièvement quelques mots d'édification à ceux qui leur parleront. Mais que les autres sœurs qui ont la permission de parler n'osent le faire à ceux qui entrent dans le monastère, qu'en présence de deux discrètes qui les

entendent et qui auront été désignées par l'abbesse ou par sa vicaire. Que l'abbesse elle-même et sa vicaire soient tenues d'observer cet article.

IX. *De la pénitence qu'on doit imposer aux sœurs*

1. Si quelqu'une des sœurs, poussée par le démon, venait à pécher mortellement contre la forme de notre profession, et ne se corrigeait après avoir été avertie, deux ou trois fois, par l'abbesse ou par les autres sœurs, qu'elle mange à terre du pain et de l'eau, dans le réfectoire et devant toutes les religieuses, autant de jours que durera son obstination, et même qu'elle soit soumise à une peine plus grave, si l'abbesse le jugeait nécessaire. Pendant tout le temps que durera son opiniâtreté, qu'on prie afin que Dieu touche son cœur à pénitence ; mais que l'abbesse ni ses sœurs ne s'indignent ni ne se courroucent pour le péché d'autrui, car la colère et le trouble sont un obstacle à la charité dans soi et dans les autres.

2. S'il arrivait jamais, ce qu'à Dieu ne plaise, que quelque occasion de trouble ou de scandale s'élevât entre les sœurs par paroles ou par signes, celle qui en serait la cause devrait aussitôt, et avant d'offrir à Dieu l'hommage de sa prière, non seulement se prosterner en toute humilité aux pieds de celle qu'elle aurait offensée et lui demander pardon, mais encore la supplier humblement de vouloir bien s'intéresser pour elle auprès du Seigneur, afin d'en obtenir la rémission de sa faute, et celle-ci, se rappelant la parole du Seigneur : *Si vous ne pardonnez de cœur, votre Père céleste ne vous pardonnera pas non plus**, devrait pardonner charitablement à sa sœur toute injure qu'elle en aurait reçue.

3. Les sœurs qui servent hors du monastère ne devront rester dans le monde qu'autant qu'une nécessité évidente l'exigera. Elles se comporteront avec modestie et parleront peu, afin d'être toujours un sujet d'édification pour ceux qui les entendent. Elles se garderont avec soin de toute liaison suspecte ou conseils de qui que ce soit. Elles ne devront être commères ni d'hommes ni de femmes, de peur de donner par là occasion à des murmures ou à des troubles. Qu'elles n'aient point la témérité de venir rapporter dans le monastère les nouvelles du siècle, et qu'elles soient strictement tenues de ne raconter au-dehors rien de ce qu'on dit et de ce qu'on fait au-dedans, qui pût donner du scandale. Que si quelqu'une vient à manquer en l'un de ces deux points par simplicité, il sera au pouvoir de l'abbesse de lui enjoindre avec miséricorde une pénitence ; mais si elle continue par l'effet d'une mauvaise habitude, elle devra être punie, selon la qualité de la faute, par l'abbesse, de l'avis des discrètes.

* Matt. XVIII, 35. (N.d.T.)

X. *Comment l'abbesse doit visiter ses sœurs*

1. L'abbesse doit avertir, visiter et corriger ses sœurs avec humilité et charité, ne leur commandant rien de contraire à leur âme et à la forme de notre profession. Mais aussi les inférieures doivent se souvenir que, pour l'amour de Dieu, elles ont renoncé à leur volonté propre et que, par conséquent, elles sont strictement obligées d'obéir à leur abbesse en tout ce qu'elles ont promis d'observer, et qui n'est point contraire à leur salut et à notre profession. Que les abbesses aient envers elles tant de charité que les sœurs puissent leur parler et agir à leur égard comme des maîtresses à l'égard de leurs servantes ; car il faut qu'il en soit ainsi : l'abbesse doit être la servante de toutes.

2. J'exhorte aussi toutes nos sœurs et je les avertis, au nom de Notre-Seigneur Jésus-Christ, de se préserver avec soin de tout orgueil, de la vaine gloire, de l'envie, de l'avarice, des pensées et de la sollicitude de ce siècle, des médisances et des murmures, des dissensions et des divisions. Au contraire, qu'elles soient toujours attentives à conserver entre elles l'union de la charité mutuelle, qui est *le lien de la perfection**. Quant à celles qui ont peu d'instruction, qu'elles ne se soucient pas de l'acquérir, mais qu'elles songent qu'il faut désirer avant tout d'avoir l'esprit de Dieu et sa sainte opération, de prier toujours avec un cœur pur, de pratiquer l'humilité et la patience dans les tribulations et les infirmités de cette vie, et enfin d'aimer ceux qui nous reprennent et nous corrigent ; car Notre Seigneur a dit : *Heureux ceux qui souffrent persécution pour la justice, parce que le royaume des Cieux est à eux***et *Celui qui aura persévéré jusqu'à la fin sera sauvé****.

XI. *De la sœur portière*

1. Que la portière soit prudente, sage, discrète et d'un âge convenable, et qu'elle réside intérieurement, pendant le jour, dans une cellule ouverte et sans porte. Qu'elle ait aussi une compagne capable et désignée pour tenir en tout sa place, lorsque cela sera nécessaire. Que la porte soit parfaitement jointe par deux serrures différentes, des gonds en fer et des verrous, et qu'elle soit fermée surtout pendant la nuit avec deux clés, dont l'une sera entre les mains de la portière et l'autre celles de l'abbesse. Que la porte ne soit jamais sans garde durant le jour, et qu'elle soit bien fermée avec une clé. Qu'on veille attentivement et qu'on s'applique à ce qu'elle ne soit jamais ouverte, quand on

* Épit. aux Coloss., III, 14. (N.d.T.)
** Matt., V, 10. (N.d.T.)
*** Matt., XXIV, 13. (N.d.T.)

pourra l'éviter convenablement, et qu'on n'ouvre absolument à personne, sans la permission du souverain pontife ou du cardinal protecteur.

2. On ne pourra ni entrer dans le monastère avant le lever du soleil, ni permettre qu'on y demeure après qu'il est couché, à moins qu'une raison évidente et une cause inévitable ne l'exigent. Si, pour bénir une abbesse, consacrer à Dieu une religieuse, ou autre raison, il a été permis à un évêque de célébrer la sainte messe dans l'intérieur du monastère, qu'il daigne se contenter d'y entrer avec aussi peu de suite et que ce soient les plus vertueux. Lorsqu'il sera nécessaire d'introduire quelqu'un pour faire quelque ouvrage, que l'abbesse ait soin d'établir à la porte une personne convenable pour n'ouvrir qu'aux individus désignés pour cela, et que toutes les sœurs veillent avec la plus grande attention à n'être point vues alors par ceux qui entrent.

XII. *De la visite*

1. Que votre visiteur soit toujours de l'ordre des Frères Mineurs, selon la volonté et le commandement du cardinal notre protecteur, et qu'il soit tel qu'on ait pleine connaissance de ses qualités et de ses vertus. Sa charge sera de corriger, tant dans le chef que dans les membres, les fautes commises contre la règle de notre profession. Placé dans un lieu public, de manière à pouvoir être vu par les autres, il pourra parler à plusieurs et à chacune de ce qui tient aux fonctions de sa visite, selon qu'il le jugera plus expédient.

2. Nous demandons aussi par grâce au même ordre un chapelain avec un compagnon-clerc, de sainte réputation et d'une discrétion prévoyante, et deux frères laïcs, d'une sainte et honnête vie, pour venir en aide à notre pauvreté, comme nous avons eu jusqu'ici par la charité des Frères Mineurs, en vue de la bonté de Dieu et de notre Père saint François. Qu'il ne soit pas permis au chapelain d'entrer sans compagnon dans le monastère, et qu'une fois entrés, ils s'y tiennent en un lieu patent, afin de pouvoir se voir et être vus par les autres. Qu'il leur soit permis d'entrer pour la confession des malades qui ne peuvent aller au parloir, leur communion, l'extrême-onction et la recommandation de l'âme. Quant aux obsèques, aux messes solennelles des religieuses qui mourront, ainsi que pour creuser, ouvrir et arranger la sépulture, l'abbesse pourra également introduire les personnes nécessaires et capables.

3. Enfin, que les sœurs soient tenues d'avoir toujours pour gouverneur, protecteur et correcteur, le même cardinal qui aura été désigné par le pape aux Frères Mineurs, afin que, toujours soumises et abaissées aux pieds de la sainte Église romaine, et toujours fermes dans la foi catholique, nous gardions à jamais la pauvreté et l'humilité de Notre-Seigneur Jésus-Christ et de sa très sainte mère.

*Donné à Pérousé, le 16 des calendes d'octobre**, et l'an X du pontificat de notre saint père le pape Innocent IV.

Qu'il ne soit donc absolument permis à personne d'enfreindre la présente bulle de confirmation, ou de la contredire par une téméraire audace. Si quelqu'un avait la hardiesse de le tenter, qu'il sache qu'il encourrait l'indignation de Dieu tout-puissant et des bienheureux Pierre et Paul, ses apôtres.

*Donné à Assise, le 5 des ides d'août**, et l'an XI de notre pontificat.*

* Le 16 septembre 1252. (N.d.T.)

** Le 9 août 1252, c'est-à-dire quelques jours avant la mort de sainte Claire. (N.d.T.)

TABLE

Aubin Imprimeur
LIGUGÉ, POITIERS

Achevé d'imprimer en novembre 1986
pour le compte de France Loisirs
123, bd de Grenelle, 75015 Paris
N° d'édition 12043 / N° d'impression L 22327
Dépôt légal, novembre 1986
Imprimé en France